Parce que tu lui ressembles…

Publié dans
Nous Deux *n° 566, 2e trimestre 1958*

L'histoire

La baie de Douarnenez, une villa perchée en haut de la falaise, un premier flirt entre deux parties de tennis et l'insouciance avant les grandes épreuves de l'amour.

Je suis seule dans ma chambre qui donne sur la mer. Maman se repose sur la terrasse, à l'ombre légère du vieil acacia et elle a dû s'assoupir. Je suis seule, absolument seule devant mon destin, seule devant mes responsabilités.

Au-delà de ma fenêtre, je ne vois que l'Océan sans fin dont les vagues roulent inlassablement les galets de notre petite plage. Devant moi, sur la tablette de mon secrétaire de citronnier, la lettre bleue que je viens d'écrire à Thibauld. J'irai la poster tout à l'heure et le sort en sera jeté !

Mon sort, devrais-je dire, puisque mon avenir entier est inclus dans ce message : mon avenir, mon amour, et aussi ce bonheur incertain qui m'a si longtemps fait peur ! Ai-je eu raison ? Je crois que oui : tout bien pesé, après des semaines de réflexions amères, après maints débats déchirants, après cette dernière nuit de méditation, j'ai décidé d'écrire, avec mon cœur pour seul conseiller, cette lettre qui exprime tout, qui éclaire tout ce que je ne me sentais pas le courage d'expliquer jusqu'à présent...

Comment l'épreuve si pénible que je viens de traverser auprès de maman ne m'aurait-elle pas bouleversée ? Pendant de si longues années je suis restée la petite fille comblée, inconsciente et heureuse que des parents charmants entouraient de toutes les attentions possibles, des parents qui étaient l'image même de l'entente et de l'harmonie. Ils formaient le couple idéal par excellence, le couple dont on envie le bonheur ! Pour moi, leur enfant unique, ils représentaient l'amour heureux et je connaissais des jours sans nuages auprès d'eux qui vivaient dans la joie et se plaisaient à me la faire partager.

Maintenant, tout cela est ruiné ! Je contemple, de ma fenêtre, l'Océan qui monte vers la plage et une immense tristesse me fait venir des larmes aux yeux !

Cette villa où nous avons passé tous trois de si joyeuses vacances, animées par des amis aussi gais que nous, cette villa perchée en haut de sa falaise et dominant la baie de Douarnenez, cette jolie maison blanche de l'été où nous nous retrouvions toujours avec plaisir lorsque la grande demeure en pierre grise que nous habitons au bord de l'Odet, devenait trop chaude, voici que, pour la première fois, j'y suis revenue avec chagrin et le cœur oppressé.

Ce que je ne comprends plus, maintenant, c'est mon insouciance de jadis, mon aveuglement, partagé, il est vrai, mais qui me paraît incompréhensible, cette félicité si douce que je croyais éternelle et qui n'était bâtie que sur des mensonges...

Je n'ai qu'à fermer les yeux pour me revoir telle que j'étais l'année dernière, avec mes 20 ans tout neufs et l'excitation légère que me causait pour la première fois la présence auprès de moi d'un nouveau camarade que venait de me présenter mon amie Madeleine ! C'était bien moi, cette jeune fille blonde, rieuse et vêtue de blanc, qui jouait au tennis avec fougue, se baignait plusieurs fois par jour et dansait à perdre haleine avec son nouveau cavalier, ce Thibauld Le Kermeur dont la haute silhouette mince et le sourire tendre étaient empreints de tant de charme.

Madeleine Mercier, qui était ma meilleure amie, et sa sœur Louise passaient également leurs vacances dans notre village perdu, à l'abri des touristes, et nous formions à nous trois une petite bande joyeuse à laquelle se joignaient parfois des amis venus de Quimper et, fort souvent, mes parents eux-mêmes. Notre vie sans histoire avait été troublée, cet été-là, par l'arrivée imprévue d'une famille fraîchement installée dans le pays et qui venait de se faire construire une villa non loin de la nôtre. Madame Le Kermeur, notre nouvelle voisine, était une femme charmante, veuve, mais point triste, et mère de deux grands fils dont l'un était marié, et l'autre — ce fameux Thibauld — célibataire et fort séduisant !

Je venais d'être reçue, avec un peu de retard, il est vrai, à mon bachot ; j'étais libre de moi, délivrée des examens et certaine, pour la première fois, de plaire à un garçon.

— Comme tu es jolie, ce matin, me disait invariablement papa quand il me voyait descendre pour le petit déjeuner, fraîche, sortant de la douche et prête pour ma partie de tennis rituelle. Tu embellis chaque jour, ma chérie, et j'ai bien peur, au fond de mon égoïsme paternel, de n'être pas le seul à m'en apercevoir. Je serais fort surpris qu'il n'y ait pas bientôt plusieurs jeunes soupirants autour de toi !

Maman souriait, levait vers moi ses longs yeux clairs et proférait des vérités dans le genre de celle-ci :

— Il n'y a pas besoin d'une foule d'admirateurs autour d'une fille pour la ravir à ses parents : un seul suffit, s'il est bon !

Naturellement, j'avais su tout de suite que maman devinait mon penchant pour Thibauld et qu'elle ne s'y opposerait pas car, dans le sourire amusé de mon flirt et dans son allure générale, il y avait un je-ne-sais-quoi d'indéfinissable qui rappelait papa, une vague ressemblance, un air de famille, une similitude de genre qui rendait, ma mère tout prête à aimer ce garçon qui devait lui rappeler la jeunesse de son unique amour.

— Il est charmant, ton partenaire, me dit-elle un jour après une partie de tennis enragée, il me plaît ce garçon : il me rappelle mes 20 ans !

Et, à la façon dont elle suivit des yeux la haute silhouette qui disparaissait derrière les tamaris en fleurs, je compris que j'étais décidément, une fille heureuse et que mon premier amour recevrait la bénédiction de mes parents.

Cet été, qui devait être mon dernier été sans soucis, fut une suite de jours charmants, diaprés du reflet émouvant du jeune amour qui s'allumait en moi. Il y a un an de cela, pas plus et, pourtant, comme ce rêve me paraît éloigné ! Comme je me sens vieillie, mûrie, transformée par l'épreuve traversée et les angoisses ressenties !

Je suis de retour dans notre villa toujours aussi blanche, l'Océan bat du même mouvement rythmique la plage inchangée et, cependant, la Françoise qui se penche sur ce paysage familier n'est plus la même que celle qui y vivait l'an dernier, celle que semble aujourd'hui, un personnage de livre ancien, pâli dans une bibliothèque.

Elle était pourtant bien vivante, la jeune fille qui partit, un jour de ce bienheureux passé, avec Madeleine et Louise chercher Thibauld pour une excursion à la pointe du Raz, dès la première heure du matin, dans la fraîcheur de l'aube et la joie de son cœur.

Dans la vieille petite auto noire qui appartenait aux deux sœurs, nous nous empilâmes tous les quatre en riant. Madeleine conduisait la voiture et Louise s'était installée près d'elle. Dans le fond, j'étais serrée contre la large épaule de Thibauld et nous ne songions, ni lui ni moi, à nous plaindre de ce rapprochement qui nous troublait autant l'un que l'autre...

La promenade nous sembla étrangement courte bien que nous n'ayons guère parlé durant le trajet et que les rares phrases échangées fussent demeurées parfaitement banales. Mais notre silence était autrement plus éloquent que nos discours, et, quand je sortis de la voiture pour fouler l'herbe grise de la pointe du Raz, je sentis ma tête tourner et mon cœur battre la chamade.

Cependant, la beauté farouche du site arrachait des mots enthousiastes à Thibauld qui y venait pour la première fois :

— On se croirait au bout du monde, remarquait-il, loin de toute civilisation et égaré dans une terre sauvage d'une splendeur terrifiante et austère qui explique les légendes ensorcelantes de la vieille Bretagne !

— Mais vous devenez lyrique ! s'écria Madeleine en riant, attendez au moins de vous être penché sur le gouffre de « l'enfer » pour frissonner à bon escient !

Je saisis la main de notre compagnon :

— Allons, venez ! dis-je avec une espèce de ferveur involontaire. Le sentier est étroit et je vous servirai de guide car il peut être dangereux à cause des éboulements qui se produisent de temps en temps. Pour moi, qui le connais très bien, il n'y a rien à craindre mais il n'en est pas de même pour vous.

— Je vous suivrais jusqu'en enfer, assura-t-il en plongeant le regard ardent de ses yeux sombres dans le mien. Montrez-moi le chemin.

Nos deux amies escaladaient déjà le premier éperon rocheux. Je serrai bien fort la main que je tenais et nous partîmes, l'un suivant l'autre, vers cette extrême pointe de terre battue par l'Océan qui représente parfaitement pour moi ce que doit être, en effet, le bout du monde.

Quelle merveilleuse promenade nous fîmes ce jour-là ! Jamais les rochers ne m'avaient paru plus somptueusement déchiquetés, jamais la mer n'avait eu de teintes plus suavement vertes ou plus intensément violettes, comme si elle roulait dans ses flots un trésor d'émeraudes et d'améthystes, jamais les vagues ne se précipitèrent plus férocement sur les rocs en un jaillissement d'écume légère comme une précieuse dentelle, jamais je ne tins une main avec plus d'émotion et jamais ma voix ne trembla pareillement en expliquant à mon compagnon la légende mystérieuse de la Baie des Trépassés !

— Comme ce pays est attachant ! murmura-t-il avec mélancolie quand je lui eus raconté tout ce que je savais des contes anciens, et comme il est dommage que nous n'y soyons pas venus plus tôt, Madeleine et moi ! Mais, mon père, bien que Breton, préférait le Midi et il ne voulut jamais revenir vers le sol de ses aïeux. C'est moi, poussé par je ne sais quelle prescience, qui eus l'idée de venir ici cette année. Il me semblait, ainsi, obéir à une obscure consigne ancestrale dont je ressentais l'appel...

Il serra plus fort ma main logée dans la sienne et son regard sombre se posa longuement sur moi pour ensuite aller se perdre au-delà de l'horizon :

— Il se peut aussi, murmura-t-il, qu'un autre appel, encore plus fort, m'ait amené jusqu'ici et que tout mon avenir dépende de ces vacances bretonnes.

A ce moment, la voix de Louise nous parvint, rieuse et portée par le vent :

— Venez-vous ? Le point de vue sur cette pointe, est magnifique !

Nous rejoignîmes nos amies, en silence mais le cœur en fête et conscients de vivre des heures inoubliables et enchantées.

Ce fut sur l'autre versant du roc, du côté où les flots se déchaînent en une écumante rage, que Thibauld m'avoua son amour. Nous avions laissé nos compagnes prendre de l'avance sur nous, et, penchés au-dessus d'un à-pic vertigineux, nous contemplions avec une admiration mêlée de crainte la mer jaillissante, lorsque la pierre sur laquelle je me tenais se détacha du bloc de granit et glissa jusqu'à l'Océan où elle s'engloutit dans une gerbe d'écume. D'une main solide, Thibauld m'avait tirée en arrière et retenue contre lui. Je regardai avec horreur l'eau violette s'ouvrir et se refermer, et frissonnai de terreur contre la poitrine solide où je m'appuyais.

— Mon Dieu, murmurai-je, j'aurais pu mourir !

— Mais non, puisque j'étais là, puisque, manifestement, j'ai été placé là de toute éternité pour vous protéger, vous défendre et vous adorer, chuchota à mon oreille une voix grave dont le ton fiévreux me bouleversa. Vous savez bien, Françoise, que je vous aime et que je rêve de faire de vous ma femme ? Vous ne pouvez pas ne pas le savoir...

Je levai vers lui mon visage brûlant que le vent du large fouettait et que mon émotion devait transformer :

— Je le sais, avouai-je tout bas, mais je suis si heureuse que vous me le disiez !

Seules, les mouettes aux larges ailes blanches qui planaient au-dessus de nos têtes, virent notre baiser qui scellait le plus solennel des engagements. Ce baiser à goût de sel et d'algues, ce baiser sauvage qui nous unissait à jamais l'un à l'autre et dont le souvenir me fit longtemps trembler...

Le retour se passa comme dans un rêve et aussi les jours qui suivirent, et cette fin de vacances fut partagée entre nos rendez-vous, nos projets et nos promenades à deux où nous laissions parler nos cœurs enivrés.

Maman avait tout de suite lu sur mes traits transfigurés l'annonce d'un événement qu'elle attendait depuis plusieurs semaines et elle en avertit papa dont la joie, nuancée de mélancolie, me fut très douce.

Je nous revois tous les trois (poignant souvenir d'un bonheur à jamais disparu) dans la salle de séjour blanche et verte de la villa. Une énorme gerbe de roses pourpres s'effeuillait doucement sur la commode de merisier et nous terminions un petit déjeuner comme les autres, dans la tiédeur d'une matinée heureuse, lorsque maman, qui s'était levée, vint vers moi et me posa ses longues mains sur les épaules :

— Ma petite fille, dit-elle avec une tendresse infinie, Thibauld a parlé à sa mère qui est venue nous voir hier soir, pendant que vous étiez tout deux sur la plage. Elle est venue nous demander si nous accepterions de le considérer comme notre fils.

Je me sentais terriblement émue et dus faire un grand effort pour lever les yeux vers le fin visage incliné vers moi.

— Je n'avais pas encore osé vous en parler, murmurai-je, mais il me semblait bien que vous l'aviez deviné !

— Naturellement, lança maman avec un rire bas que j'aimais bien, ce n'était un secret pour personne, ma chérie, et il est entendu que ton fiancé et sa mère viendront, tous deux, nous voir aujourd'hui pour des accordailles officielles.

Je tournai mon regard vers papa : il me contemplait avec une ombre de sourire au coin des lèvres, mais ses yeux tristes ne souriaient pas. Je me levai d'un bond et courus m'agenouiller à ses pieds.

— Tu n'es pas heureux ? demandai-je tout contre lui. Pourquoi ? Crois-tu que je me trompe en épousant Thibauld ? Crois-tu que je ne serai pas une femme aimée et choyée par lui ?

Papa me posa une main lourde sur la tête.

— Thibauld est un garçon très bien, dit-il enfin, mais c'est une si grave affaire que le mariage et tu es si jeune, si inexpérimentée !

— Mais, lançai-je, maman avait mon âge quand elle t'a épousé et tu as toujours été un mari merveilleux pour elle, n'est-ce pas maman ? demandai-je en me tournant vers elle.

Pourquoi ne remarquai-je pas alors la lueur qui traversa une seconde les yeux de mon père avant que je ne regarde maman, pourquoi, surtout, ajoutai-je :

— D'ailleurs, Thibauld te ressemble un peu et cela, c'est une garantie, il me semble !

Avec calme, maman me répondit que j'avais raison mais papa eut une petite phrase qui m'obséda par la suite :

— Pourquoi as-tu grandi si vite, ma petite fille ? Pourquoi te faut-il déjà quitter le monde enchanté de l'enfance que j'avais voulu si doux pour toi et où aucun chagrin de grande personne ne pouvait t'atteindre ?

J'en souris sur le moment, déjà préoccupée par la visite de l'après-midi où se déciderait mon avenir.

Après nos fiançailles, nous vécûmes des jours éblouissants, une fin de vacances sans ombre, faite d'amour, d'harmonie et d'espoir. Puis ce fut le retour à Quimper, coupé de fréquents voyages à Bourges où vivait la famille de Thibauld et où lui-même dirigeait l'usine de porcelaine que lui avait laissée son père. J'avais été magnifiquement accueillie par les siens et m'étais tout de suite fait une amie de la femme de son frère, une jeune Parisienne rousse et rieuse dont le charme piquant me conquit tout de suite.

Pour Noël, Thibauld vint chez nous et nous fêtâmes officiellement nos fiançailles dans la vieille maison grise, décorée de roses de Noël et de mimosas, et tout le monde semblait heureux...

Et puis, brusquement, au début de février, par un jour froid et coupant de gel, le malheur s'abattit sur nous.

Papa était parti depuis deux jours pour Paris où ses affaires l'appelaient régulièrement chaque mois et nous l'attendions, lorsqu'un coup de téléphone inattendu nous arracha, maman et moi, à la quiétude de notre coin de feu.

— Un appel de Rennes? répéta maman surprise, quand je lui eus passé l'écouteur, qui peut bien... ?

Puis, soudain, je la vis devenir atrocement pâle.

« — Est-ce grave ? » demanda-t-elle d'une voix brisée.

Je m'emparai de l'écouteur et entendis avec terreur la voix froide qui nous annonçait en même temps que papa venait d'être victime d'un grave accident d'auto, dû au verglas, qu'on l'avait transporté à l'hôpital de Rennes pour lui faire une transfusion de sang et que la jeune femme qui se trouvait avec lui restait en danger...

« — Quelle jeune femme? demanda maman machinalement. Je ne savais pas... »

II y eut un silence gêné au bout du fil, puis, sans réponse à la question, la voix impersonnelle nous fit savoir que nous pourrions voir le blessé dès le lendemain.

Maman raccrocha comme une somnambule et resta un moment figée dans la même pose, les yeux perdus dans le vide. Soudain, elle frissonna et parut se réveiller d'un cauchemar.

— Françoise, dit-elle d'une voix égale et comme désincarnée, tu vas rester seule ici pendant que je vais aller voir ton père, je crois que c'est préférable ainsi.

— J'aurais tant voulu, moi aussi...

— Non, ma chérie, il vaut mieux pour toi et pour nous que tu restes ici. Nous verrons par la suite...

Se doutait-elle déjà, ce soir sinistre, en partant sous la neige fondue et le grésil qui tombait comme des larmes de glace du ciel noir, se doutait-elle que son bonheur de femme était à jamais terminé et qu'un affreux avenir, fait de regrets et d'amertume, l'attendait à Rennes où la fatalité lui avait donné rendez-vous ?

Quand elle rentra deux jours plus tard, seule et vieillie de dix ans, je compris vite ce que des coups de téléphone réticents laissaient prévoir ; papa n'était plus en danger, ses fractures avaient été réduites et les médecins affirmaient qu'ils ne craignaient aucune lésion interne, pourtant maman était plus accablée et plus désespérée que s'il était mort.

Quand elle se retrouva dans sa calme maison et près du seul être aimant qui lui restait, ses nerfs à vif l'abandonnèrent et elle tomba évanouie dans mes bras, légère comme un enfant et pâle comme une morte.

J'appelai notre petite servante et nous la portâmes ensemble sur son lit, puis je téléphonai au médecin de venir tout de suite.

— Votre mère vient de subir un choc terrible, elle a besoin de silence et de repos, affirma le médecin, mais elle est de constitution robuste et ne me paraît pas gravement atteinte. Elle se remettra vite.

Apparemment, elle se remit en effet, mais, quoique notre médecin en ait pensé, elle était gravement atteinte et aux sources même de sa vie.

Ce fut seulement quelques jours plus tard, un soir que je m'étais installée avec un livre à son chevet qu'elle me confia le secret trop lourd qui l'écrasait.

Dehors, il neigeait et dans la chambre bien close, nous nous taisions toutes deux, maman allongée dans son lit, les yeux fixes comme cela lui arrivait si souvent depuis son retour, et moi m'efforçant de lire, mais l'esprit inquiet et incapable de fixer mon attention sur autre chose que le drame que je sentais rôder autour de nous.

— Ma chérie, dit tout à coup maman, il faut que je te parle. Tu dois être mise au courant de ce qui nous arrive. Je te sens déroutée par ce que mon attitude doit avoir d'incompréhensible pour toi depuis que je suis revenue de Rennes... Je ne veux pas que cela continue et j'ai, en plus, un immense besoin de te parler, à toi qui restes le seul être que je puisse aimer encore...

Des larmes lentes coulaient sur son visage pâli et je regardais, avec une tendresse mêlée d'effroi, le spectacle si nouveau pour moi, de la douleur sur les traits de ma mère.

— Maman, murmurai-je, je voudrais tant...

Elle leva la main :

— Tu ne peux rien faire, ma petite Françoise, personne ne peut plus rien, maintenant, pour réparer les morceaux d'un bonheur qui ne fut que mensonge et mirage...

Elle saisit la main que j'avais posée près d'elle sur son drap sans oser la toucher et la serra dans les siennes.

— Tu sais, reprit-elle, combien j'aimais ton père et combien notre entente était essentielle pour moi, tu sais aussi combien je m'en remettais à lui aveuglément depuis notre mariage et quelle confiance totale j'avais en cet homme qui était pour moi, non seulement mon mari, mais mon ami, mon conseiller et mon guide.

Elle s'arrêta une seconde, la voix brisée et essuya machinalement, du revers de la main, les larmes qui tombaient de ses yeux.

— Eh bien ! reprit-elle au bout d'un moment, cette confiance, cette adoration ont été trahies. Tout, dans l'attitude de ton père, n'était que duperie, apparences et comédie pour cacher le plus lamentable, le plus banal, le plus honteux des adultères !

— Maman, criai-je, non, non, ce n'est pas possible !

Elle pencha vers moi une face de démente :

— Françoise, scanda-t-elle avec un calme soudain qui n'en était que plus terrible, ton père me trompe depuis onze ans avec une jeune femme qu'il a connue à Paris lors d'un de ses voyages et qu'il allait retrouver chaque mois sous prétexte d'affaires. Ils y ont un enfant et un appartement. C'est elle qui a été accidentée avec lui car ton père la conduisait à Brest où elle a de la famille... Depuis onze ans! continua maman. Est-ce croyable? Depuis onze ans, il me jouait la comédie de l'amour, de l'entente et de la compréhension. Tout mon passé est souillé, à jamais. Je ne puis même plus me réfugier dans mes souvenirs, ils sont couverts de boue et défigurés par des mensonges. Je suis dépouillée de mon amour, de ma confiance et de cette ombre de bonheur dont je me suis contentée si longtemps par ignorance, moi qui suis tellement intransigeante envers moi-même. Il ne me reste rien, rien, ni personne, que toi!

Atterrée, j'écoutais ces mots qui m'arrachaient à ma calme vie de jeune fille heureuse, pour me précipiter dans un enfer de souffrances et de trahison: mon père que j'aimais tant, n'était qu'un menteur qui avait trompé maman et vécu une double vie pendant des années!

— Maintenant, dit-elle, nous ne reparlerons jamais de cette infamie: je ne veux pas faire peser sur toi le poids de mes malheurs, mais il fallait que tu saches... Dès que je serai remise, nous partirons d'ici et irons habiter notre villa des vacances qui m'appartient et où tu resteras avec moi jusqu'à ton mariage. Ensuite, j'y vivrai seule, en attendant tes visites, car, naturellement, je ne reverrai jamais ton père!

Qui peut rêver réveil plus cruel après une si douce félicité? Pour maman et pour moi, mais plus encore pour elle qui lui avait voué sa vie, l'écroulement de notre bonheur familial fut le plus atroce des malheurs, la plus amère des épreuves!

Comme nous eûmes mal, toutes deux, pendant les jours qui suivirent cette affreuse soirée, pendant les moments déchirants où nous quittâmes notre douce maison grise pour aller nous réfugier dans la villa du bord de l'Océan. Que d'arrachements, que de sanglots étouffés, que de regrets inavoués!...

Nous organisâmes ensuite notre vie de réfugiées dans notre nouvelle demeure, heureusement confortable, mais battue par le vent, où nous ne connûmes de douceur que dans notre mutuelle affection.

— Ne sois pas triste, ma chérie, me disait maman, l'avenir t'appartient !

Et voilà que je n'en étais plus sûre ! En effet, malgré les lettres tendres que Thibauld ne cessait de m'envoyer, malgré mon amour intact, une méfiance sournoise, imprécise et douloureuse, me rongeait, devant ce fiancé tendrement aimé auquel je ne savais plus si je pouvais accorder ma confiance. Puisque mon père, cet homme qui avait été si longtemps un modèle pour moi, avait été capable d'une telle trahison, puisque, derrière son front calme, il avait caché tant de duplicité, je me prenais à douter de tous les hommes, à ne plus pouvoir faire confiance à aucun d'eux !

La pensée de papa m'obsédait et la courte visite que je lui avais faite à Rennes, pour lui dire brièvement adieu avant notre départ, me laissait une pénible impression de gêne et de chagrin. Nous avions parlé de sa santé, de son rétablissement prochain puis, tout à coup :

— Tu suivras ta mère ? avait-il demandé en détournant les yeux.

— Oui, avais-je répondu, plus sèchement que je ne l'aurais souhaité pour notre dernière entrevue ; oui, je ne quitterai pas maman en de pareils moments.

— Naturellement, naturellement, j'aurais tant voulu...

Il n'avait pas achevé sa phrase et je m'étais enfuie après un rapide baiser.

Maintenant, il devait être revenu dans notre chère maison, il devait avoir repris sa vie, comme avant. Non, non, ce n'était pas possible, il devait souffrir, lui aussi, et regretter tout le mal qu'il avait causé aux êtres qui avaient le plus confiance en lui et qu'il avait à jamais dépossédés !

Cette confiance, je n'osais plus l'accorder à Thibauld, maintenant ! En serait-il digne ? Maman, elle aussi, avait donné son cœur, son avenir et sa vie à l'homme qu'elle aimait, en qui elle avait foi et qu'en avait-il fait ?

Je passai des jours entiers de ce printemps hâtif et chaud à pleurer sur mon lit, déchirée entre mon amour et cette méfiance nouvelle qui ne me laissait pas de repos.

Malgré moi, une idée insidieuse se glissait dans mon cœur : « Thibauld ressemble à papa, c'est le même genre d'homme, j'ai tout de suite trouvé qu'ils se ressemblaient : l'un n'est-il donc pas capable, comme l'autre, de trahison et de bassesse ? »

Ce doute ne me laissait plus de repos : n'avais-je pas été bien vite séduite par ce garçon inconnu dont les douces paroles cachaient peut-être une âme changeante ? Que savais-je, au juste, du passé de mon fiancé ? Quelles garanties m'avait-il données, sinon des serments, probablement trompeurs ?

Je répondis plus froidement à ses lettres tendres et il s'inquiéta, par correspondance, de mon changement de ton : *Que t'arrive-t-il, Françoise ? Pourquoi, soudain, as-tu l'air de me suspecter ou bien de m'en vouloir ? Je suis toujours le même Thibauld qui t'aime plus que tout et qui rêve de te rendre heureuse...*

Bien sûr, il m'aimait, pour l'instant, mais saurait-il être fidèle ?

Hantée par cette crainte, j'en arrivai à ne plus savoir si j'aimais encore ce garçon à qui je m'étais promise, et des cauchemars affreux troublaient mes nuits et mes jours sans joie.

— Comme tu as l'air fatiguée ! remarquait maman avec inquiétude, qu'as-tu, ma chérie ? Quel souci te ronge ?

Je m'efforçais de la rassurer, de me montrer aussi courageuse et vaillante qu'elle-même, qui était parvenue à masquer son désespoir sous une apparence de sérénité admirable, mais mon âme devait être moins bien trempée que la sienne car je ne réussissais pas un seul instant à lui donner le change.

A Pâques, Thibauld proposa de venir passer quelques jours chez nous, et j'acceptai, décidée à profiter de ces moments de tête-à-tête pour apaiser mes doutes et mes appréhensions.

Le revoir fut ma première joie depuis l'accident de papa mais, en face de ce garçon dont le regard ardent se posait toujours sur moi avec la même douceur, je me sentis hésitante, craintive et remplie d'amertume. Je lui avais brièvement expliqué par lettre que mon père et ma mère avaient jugé préférable de se séparer, mais il me fallut lui raconter de vive voix le martyre de maman et, en lui parlant de sa souffrance, je me sentis inexplicablement du côté de la femme bafouée.

Pendant ces trois jours décisifs, je pleurai beaucoup et passai trois nuits blanches à m'interroger sur mes sentiments et ceux de Thibauld. Ce fut le soir du dernier jour, dans le studio fleuri d'aubépine rose et de cerisier sauvage que je fis part à mon fiancé de ma décision irrévocable : puisque je ne savais plus si je pouvais me fier encore à son cœur et que le mien hésitait, il me semblait plus sage de nous éprouver tous deux par une séparation de plusieurs mois, une séparation qui épurerait nos sentiments et nous permettrait de voir clair en nous-mêmes.

— Vois-tu, dis-je tristement, je ne sais plus si je puis t'aimer encore parce que tu *lui* ressembles et que cela me fait peur !

... Il a y cinq mois de cela, cinq mois de tortures morales et d'interrogations vaines. Pendant ce temps de pénitence si dur à traverser, pendant ces jours interminables qui paraissaient ne devoir jamais finir, mon seul adoucissement, ma seule consolation fut de recevoir chaque semaine, régulièrement, comme il me l'avait dit, les lettres merveilleuses de celui que j'aimais toujours, il fallait bien me l'avouer, avec autant de ferveur. Grâce à ses pages fidèles couvertes de la petite écriture serrée que je connaissais si bien, grâce aussi aux longues conversations affectueuses que j'eus avec maman dont la vigilance sut m'entourer de mille attentions, grâce aussi à la force de mon amour dont j'avais douté sans l'avoir éprouvé, cette séparation que je m'étais imposée, nous réunit mieux que des visites quotidiennes, et je retrouvai peu à peu mon équilibre et ma confiance en Thibauld.

C'est tout cela que je viens de lui écrire, et je sais qu'il comprendra.

Maintenant, lui dis-je en terminant, *maintenant que j'ai retrouvé ma foi intacte en toi et en notre avenir, maintenant, mon chéri, tu peux venir me voir pour que nous fixions la date de notre mariage : je n'ai plus peur de souffrir par toi car j'ai compris enfin qu'une ressemblance de traits ne signifiait rien et qu'il ne dépendait que de nous deux de la faire mentir. Je sais que nous y veillerons l'un comme l'autre… J'ai confiance.*

Je vais aller poster ma lettre, et Thibauld l'aura demain.

FIN

Nous Deux
L'Hebdomadaire
qui porte Bonheur

Capri, l'île de joie

Publié dans
Nous Deux *n° 891, 3e trimestre 1964*

L'histoire

Une parenthèse de liberté sur une île enchanteresse de la Méditerranée, où l'amour surgit quand on ne s'y attend pas...

Que s'est-il passé en moi? Comme le vent pousse les vagues écumeuses de la mer vers les rives de sable, sans retour, inlassablement, il me semble qu'une force irrésistible et fatale m'a projetée vers une autre vie. En une nuit j'ai changé profondément... Les enchantements de Capri et d'Annacapri, qu'ont tant chantés les poètes, ont peut-être fini de m'ensorceler. Hélas! je ne sais... Les chemins de l'île ne mènent pas toujours à ce bonheur mystérieux, étrange; je le sais maintenant...

Pourtant, je me souviens toujours de la « grotte bleue », des promenades en barque, quand l'aube dorait les jardins et faisait rougeoyer les grandes falaises. Il y a un an à peine et tout me semble déjà si loin... Mais comment étais-je arrivée là, le cœur plein de rêves? Mon amie Noëlle m'avait dit... Mais il faut que je vous présente Noëlle. Elle est grande, très brune, avec un visage grave. Elle se coiffe avec un chignon dans le cou, mais là-bas, dans l'île, elle portait — je m'en souviens aussi — une natte torsadée et ses cheveux sont si longs que la natte descendait presque jusqu'à sa taille. Donc, mon amie Noëlle m'avait dit:

— Je passe encore une fois mes vacances à Capri.

Elle ne comptait plus « les fois » car depuis bien longtemps elle était fidèle à ces lieux enchanteurs.

— Tu devrais venir. Tu retrouveras la même joie qu'autrefois, tu verras, tu ne résisteras pas à la douceur de l'air, aux chansons du port, aux visages souriants des habitants de l'Ile...

Maintenant, il me semble que Noëlle s'est trompée. Je ne suis pas heureuse cet été. Les jalousies obscurcissent mon cœur.

J'ai chaud, ce matin, en descendant la route sinueuse, entre les ifs et les cyprès. Cette voie surplombe les falaises et conduit à la place blanche du village. Je marche d'un pas pressé. Pour la première fois, devant la maison de Piero Aliati, je remarque le roucoulement triste des colombes qui m'accompagne un moment, comme une plainte. Parfois une image interdite, un souhait fugitif me font battre le cœur.

Je me suis arrêtée au tournant de la route et je regarde la baie. Les vagues d'un bleu insolent étincellent. Des reflets d'argent, venus du fond de l'horizon, courent à ras de l'eau, s'allument, s'éteignent comme les feux des diamants. Tout est d'une telle beauté ! Pourquoi ai-je le cœur chargé de nostalgie et d'inquiétude, pourquoi des rêves angoissés m'ont-ils assaillie cette nuit ? Nous vivons ici dans un paradis terrestre odorant et chaleureux. C'est bien ce dont j'essaie de me persuader, mais ce matin je n'en suis plus tout à fait aussi sûre.

— Hello !

Une voix très jeune me fait sursauter. C'est Massimo.

— Bonjour, Massimo !

— Où vas-tu, la belle ?

— Je descends vers le port.

— Tu attends quelqu'un ?

— Non, mais j'ai envie d'aller faire un tour en bateau. Où est Francesca ?

— A la maison, avec les jumeaux.

Son beau visage d'Italien — brun presque noir de peau avec de grands yeux veloutés, d'un gris pailleté d'or et changeant selon les jours jusqu'à devenir bleus ou verts — s'éclaire d'un franc sourire.

— Je t'accompagne un peu.

Son rire est une cascade fraîche. Je réponds :

— Mais Francesca sera jalouse ?

Je connais la jalousie italienne, les amours exclusives. Je ne veux faire de peine à personne.

— Oui, elle sera sûrement très jalouse. Les amoureux sont toujours jaloux ; cela échauffe, cela entretient l'amour qui sinon mourrait dans la terne habitude quotidienne. Qu'en penses-tu ?

— Tu as sûrement raison, Massimo.

— La jalousie est non seulement normale, elle est quelquefois utile. Robert n'est-il pas jaloux ?

— Hélas ! Massimo, bien moins que toi, tu le vois, il me laisse seule.

Des enfants, à demi nus, tout bruns de soleil, beaux comme de jeunes dieux, courent sur l'asphalte, devant nous, et la brise emporte leurs voix joyeuses. A la dérobée, je regarde Massimo, son visage passionné, son corps souple d'où rayonne le plaisir de vivre. Je voudrais être comme lui, détendue, ne plus penser, ne plus céder aux obsessions, aux images qui se répètent au fil des heures, oui, comme lui calme et sans soucis, aussi heureuse qu'à ma première visite dans l'île, lorsque j'avais rencontré tous ces amis italiens, lui, Piero Aliati, Bruno, Francesca, Rosetta...

Malheureusement, malgré le soleil, aujourd'hui malgré l'air bleuté, les vols d'oiseaux palpitants, les cris des enfants et la rumeur de la mer, je ne suis plus aussi insouciante... Je ne suis plus en vacances au paradis.

Je crois que les charmes profonds de Capri et les philtres que j'ai bus dans les verres de vin fruité exercent désormais sur moi une autre puissance qui n'est pas celle de la joie. Les Anciens croyaient à la fatalité, voici que je me suis mise à y croire aussi aujourd'hui et je ne suis plus certaine d'être née sous une bonne étoile. Peut-être, au contraire, suis-je vouée aux obstacles et aux chagrins.

Mon père était un industriel du nord de la France. Lorsque je lui avais annoncé ma décision d'aller chercher fortune dans le sud, il avait souri. En effet, la vie à Lille, dans les brumes et les fumées, n'avait rien d'attrayant pour une jeune fille de 18 ans. D'autre part, j'étais d'une santé très fragile et je ne supportais absolument pas le climat humide de cette région.

Mon oncle André — frère de papa — avait de très importantes affaires à Rome, Gênes et Naples. Pourquoi ne pas aller me mettre à son service en Italie ? J'en demandai l'autorisation à mes parents. Ils me comprirent très bien et, bien que cette séparation leur fasse un peu de peine, ils me l'accordèrent.

J'appris l'italien en quelques mois et je préparai mon départ. A vrai dire, j'avais un but très précis, en plus de mes services à l'oncle André. Je voulais faire de la peinture. Depuis mon enfance, je n'avais que cette idée en tête. Je rêvais d'aller planter mon chevalet dans un jardin de lauriers-rosés au bord de la mer ou sur la petite place d'un village, sous les platanes et les tilleuls, à l'heure où les cafés sortent leurs tables, à l'heure où les premiers passants tournent autour de la fontaine.

Je partis par un brumeux matin de mars, sûre de trouver à Gênes un temps magnifique. Dans le train, je retrouvai — par hasard — un jeune homme de 20 ans qui m'avait fait un brin de cour alors que j'étais en classe de philosophie, puis qui s'était fiancé avec une jeune fille belge, très riche.

Il me regarda d'un air gêné et je souris à son innocence : bien sûr, je n'avais jamais pris au sérieux ses compliments. Nous ne nous étions plus rencontrés depuis ses fiançailles et nous avions à parcourir des kilomètres, face à face dans ce compartiment, ce qui m'amusait plutôt.

C'était curieux : en revoyant Paul, je me sentais tout à coup bien plus jeune ; cela me rappelait le lycée, mes amies. Maintenant, j'appartenais au clan des adultes, j'allais gagner ma vie, je voyageais seule, j'étais indépendante. Des bouffées d'enfance pourtant — tandis que ce train m'emportait loin de la tendresse de mes parents — me revenaient. Je me souvenais du retour de classe, de l'odeur de pain grillé, du rond doré de la lampe sur la nappe, du bruit de clé dans la serrure annonçant le retour de papa, de tout ce qui faisait, enfin, la joie des vertes années. Et je me sentis un peu mélancolique de devoir renoncer à tout cela.

— Quelle belle lumière ! dit Paul, en levant les yeux vers un ciel gris et terne. Vous faites toujours de la peinture ?

— Oui, mais je vais chercher les éclats du sud !

— Cela ne vous gêne pas si je fume une cigarette ?

Il alluma une cigarette américaine, lui qui fumait, je m'en souviens très bien, plusieurs paquets de Gauloises par jour.

— Tiens, vous fumez des américaines ? Autrefois, vous ne fumiez que des brunes !

— Oui, c'est vrai, mais ma fiancée n'aimait pas l'odeur... Et vous? Vous n'êtes pas fiancée?

— Non, pas encore.

— Cela ne vous tente pas ?

— J'aime bien ma liberté...

— On ne peut pas vivre sans aimer.

— On peut aimer en secret, sans proclamer que l'on aime.

Alors, il se tut. Je savais bien pourtant que Paul exprimait le rêve de tous les parents et des jeunes un peu sérieux. Ma famille ne serait jamais tout à fait heureuse tant que « les filles » — nous étions trois — ne seraient pas mariées.

Je n'avais eu jusqu'ici que quelques flirts sans importance. Le seul qui m'ait un peu émue, le seul avec qui j'avais envie de parler, de sortir, d'échanger des idées et des rêves, c'était Gilbert Frank, qui avait fait un brillant mariage et qui, d'ailleurs, n'avait jamais accordé le moindre regard à la collégienne un peu bohème qui s'en allait le dimanche, son chevalet et ses toiles sous le bras, peindre seule dans la campagne.

A Gênes, mon oncle André m'attendait. Il était tel que de nombreuses filles rêvent « l'homme de leur vie ». Grand, svelte, mince, et les tempes grisonnantes autour d'un visage encore jeune. Je savais que je pourrais compter sur lui.

— Tu es vraiment décidée à travailler, mon petit ? me demandait-il. Tu as des projets ?

— Je me mets à ton service, tu me diras ce que je dois faire.

— Quelques petits voyages, assurer ma représentation...

— Parfait ! J'adore les voyages!

— Tu m'obéiras en tout et pour tout ?

— Promis !

— Alors, de temps en temps, tu prendras les vacances que ton oncle t'ordonnera de prendre. Je te trouve bien pâlotte... Tu verras, ton travail ne sera pas trop absorbant, tu auras beaucoup de liberté ; je ne suis pas un méchant patron...

Deux mois plus tard, je parlais couramment l'italien et je me faisais des amis. J'avais déjà peint quelques toiles près de Pompéi et sur la côte avec beaucoup de cœur et d'enthousiasme.

J'avais oublié Gilbert Frank, oublié mes camarades de Lille. J'avais commencé à vendre quelques tableaux dans des galeries de la Riviera italienne, grâce aux relations de mon oncle qui paraissait très content de moi.

Bref, j'avais une existence si bien remplie, dans un pays si agréable et en si bonne compagnie, que je ne regrettais absolument pas la décision que j'avais prise quelques mois auparavant. Je m'étais fait des amies nouvelles, mais je restais en correspondance avec Noëlle, ma camarade préférée.

Lorsqu'elle m'écrivit qu'elle allait à Capri, j'eus envie de la rejoindre. Nous étions au mois de juillet. Mon oncle me mit en garde :

— Méfie-toi de Capri, ma petite nièce chérie... C'est une île enchanteresse. Tu vas tomber amoureuse !

J'éclatai de rire.

— Mon tonton chéri, n'aie pas peur, je ne suis pas mûre encore pour les sentiments passionnés. Je veux seulement m'amuser avec Noëlle et ses amis, aller nager, être gaie, apprendre des chansons, danser, aller à la pêche en barque...

— C'est cela, la nuit au clair de lune, et il y aura toujours quelque beau garçon pour te chanter une romance napolitaine en s'accompagnant de la mandoline...

Donc, lui aussi me fit des recommandations, comme papa et maman m'en avaient fait avant mon départ de Lille.

Durant les premiers quinze jours à Capri, je ne m'aperçus pas du tout du « charme magique » que m'avait annoncé mon oncle. J'étais tout simplement ravie d'être en vacances. La petite plage de Marina Piccola, où je me rendais de bonne heure le matin, était blottie entre les hautes falaises roses de lumière. Il y faisait doux et chaud. Des enfants y jouaient. Les premiers temps, je passais mes journées à me bronzer, à me rôtir au soleil. Noëlle venait souvent avec moi.

C'est Francesca, une amie italienne de Noëlle, qui m'entraîna un jour au port pour l'arrivée d'un yacht.

— C'est celui d'un artiste de cinéma très célèbre en Italie.

— Tu connais quelqu'un à bord ?

— Non, mais mon ami Massimo est journaliste et il connaît sûrement quelqu'un, on se débrouillera bien pour monter. De toute façon, c'est attrayant.

Mêlée à la foule du port, dans le soleil encore chaud de cinq heures, je regardais le blanc vaisseau glisser au centre de la baie, lorsque j'entendis soudain une voix d'homme qui me bouleversa, une voix si chaude, si grave, si profonde, je n'en avais jamais entendu de si belle ! Je me retournai et je dus rougir. L'inconnu m'avait regardée avec un si gentil sourire que j'en étais désarmée...

— Vous êtes journaliste ? me demanda-t-il.

— Non, quelle idée ! Pourquoi me demandez-vous cela ?

— Vous avez un si bel appareil photographique...

— Oui, je prends des photos, mais ce n'est pas mon vrai métier. Je fais de la peinture. Et vous, quel est votre métier ?

— Marin. Aimez-vous la mer ?

— A la folie !

— Vous venez faire un tour dans mon hors-bord ?

— Pourquoi pas ?

Puis, j'entendis dans ma mémoire la voix de mon oncle André :

« — Méfie-toi de Capri, ma petite nièce chérie. Tu vas sûrement tomber amoureuse. »

Le destin soufflait ses vents légers et grisants... Allais-je résister à la tentation ? Une promenade en mer dans un de ces bateaux qui filent si vite... Je m'étais déjà un peu engagée, puisque j'avais répondu si spontanément : « Pourquoi pas ? »

Des yeux, je cherchais du secours auprès de Francesca. Lorsqu'il suivit mon regard et découvrit ma compagne, il eut une petite exclamation joyeuse :

— Tiens, Francesca !

— Vous vous connaissez ?

— Un peu, dit Francesca. Mon fiancé Massimo est un ami, je crois...

— Mais oui, nous sommes de bons copains.

Il me sourit avec une extrême gentillesse.

— Vous venez ?

— Je vous la confie, dit Francesca. J'attends mon fiancé. On se retrouvera tous les quatre pour dîner ? A la terrasse de l'Hippocampe, à sept heures et demie ?

C'est ainsi que tout commença. Un coup de foudre décida de toute ma vie de femme.

Je me souviendrai toujours de cette première promenade en mer... Le hors-bord puissant bondissait sur la mer comme un cheval de course. Parfois, j'étais éclaboussée et je sentais l'eau salée sur mes lèvres; j'éclatais de rire. Mes cheveux flottaient au vent; l'écume dansait autour de nous, sous la coque, dans les éclaboussements de lumières dorées du soleil couchant.

— Je me sens bien, si vous saviez, Robert

— Moi aussi, Agnès... Dire qu'il y a une heure nous ne nous connaissions pas. Maintenant, sur ce bateau, j'ai l'impression de vous connaître depuis longtemps.

— C'est drôle comme on a une impression de liberté sur votre bateau. Je ne me souviens pas m'être jamais sentie aussi libre.

— Moi aussi, Agnès, enfin, je me sens libre.

Je ne relevai pas tout de suite le mot « enfin » qui me laissa songeuse. J'imaginai aussitôt le pire: cet homme était marié et il avait laissé sa femme à Paris ou ailleurs.

Pendant un moment, je lui en voulus et le sourire disparut de mon visage. Les journaux sont pleins d'histoires de ce genre : un homme trahit sa femme, elle se désespère et se tue... Un homme marié kidnappe une jeune fille mineure, etc. Des films entiers, en l'espace de quelques minutes, défilèrent dans mon esprit inquiet.

Enfin, je réunis toutes mes forces, et avec courage je lui posai la question qui me brûlait les lèvres.

— Pourquoi « enfin » ?

— Parce que, bien que je sois célibataire, j'ai eu beaucoup d'entraves dans ma vie privée et c'est bien la première fois que je me sens en pleine confiance avec une femme. C'est étonnant, n'est-ce pas?

Le philtre d'amour de Capri avait joué son rôle, moi aussi j'étais en pleine confiance.

— Vous êtes content de dîner avec mes deux amis et moi, ce soir, Robert?

— Très content, cela va me faire des histoires, mais tant pis!

— Des histoires ? Avec qui ?

— Avec ma logeuse, elle n'aime pas que je rentre tard.

Nous avions adopté un ton badin mais c'était pour ne pas nous attendrir. J'avais compris que j'avais affaire à un célibataire endurci, à un homme amoureux de la mer et des grands espaces déserts. Pour rien au monde je ne voulais représenter à ses yeux une entrave à la liberté.

L'après-midi passa en coup de vent... Nous regagnâmes le petit port. Francesca était là, avec Noëlle et un ami. Massimo était allé câbler un article à son journal. Sujet : vedettes en vacances à Capri. Mais désormais, je savais fort bien que je n'aurais plus d'yeux que pour Robert. J'étais envoûtée.

Tandis qu'il commandait des apéritifs, je le regardais à la dérobée. Il était beau, serein, très viril. Il inspirait une immense confiance. J'avais envie de prendre sa main dans la mienne et de la garder pour la vie...

Notre petit dîner sur le port fut des plus charmants. Insensiblement, je me rapprochai de Robert et bientôt mon coude nu toucha son bras et le contact de sa peau me fut doux. J'avais envie qu'il m'embrasse le bout des doigts, comme Massimo venait d'embrasser Francesca.

— Si nous allions danser ? suggéra Robert.

Massimo avait bien envie d'être seul avec sa bien-aimée, mais il fut beau joueur, il ne dit rien et nous suivit.

— Allons à Annacapri, dit Noëlle. Le soir, il y fait plus frais et on a une vue merveilleuse.

Nous louâmes — comble du romanesque — une calèche tirée par un beau cheval au pelage noisette, brillant, moiré. Nous étions tous heureux, blottis les uns contre les autres. Robert avait passé son bras autour de mes épaules.

Etait-ce la soudaine fraîcheur de l'air qui empourprait mes joues ? Soudain, j'avais peur, je me demandais où allait m'entraîner cette aventure insensée... Ce matin, je ne connaissais pas ce jeune homme et ce soir il m'était déjà devenu presque cher ! Je pensais aux recommandations de mes parents, je pensais aussi aux prédictions de mon oncle et j'étais inquiète...

Toute la soirée, nous dansâmes. J'essayais d'être distante. Je ne voulais pas que Robert s'imagine que j'étais une jeune fille frivole. Lorsque, me serrant doucement dans ses bras, tandis que le chanteur, à l'orchestre, entonnait une romance napolitaine avec accompagnement de mandoline, Robert me demanda tout bas, si bas que je ne fus pas sûre d'avoir bien entendu :

— Que faites-vous demain, mon petit ?

Je balbutiai :

— Moi ? Euh... Eh bien ! comme tous les jours. Je ne me lèverai pas trop tard, et puis je descendrai à la plage de Marina Piccola...

— Que vous me plaisez, que vous êtes douce !

Cette exclamation lui avait échappé. Elle me fit un peu de joie, un peu de peine. Pourquoi de la peine ? Tout simplement parce que je n'avais pas confiance en moi, qu'il me semblait que Robert, lui aussi, était victime du sortilège de Capri, l'île de la joie, et qu'il allait se réveiller, se trouver en face d'une jeune fille quelconque, ni jolie ni laide, banale, insignifiante... Il se dirait : « J'ai rêvé, elle ne me plaît pas du tout. »

— Si nous faisions encore une promenade ensemble demain... Nous pourrons aller visiter la Grotte Bleue. Vous voulez bien ?

Tandis que Robert me raccompagnait, la lune avait basculé dans le ciel, comme un jouet d'enfant. Il était trois heures du matin.

— Où habitez-vous, Robert ?

— Derrière l'église, rue des Orangers. J'ai loué une petite chambre. Tout à l'heure, je vais enlever mes chaussures à la porte, afin de ne pas réveiller ma logeuse.

— Comment est-elle, votre logeuse ?

Il eut un petit rire bizarre.

— Oh ! redoutable ! Terrible ! Je n'ai pas envie de la voir de mauvaise humeur, nez froncé, regard noir, voix d'outre-tombe !

Sur le seuil de mon hôtel, il s'arrêta. Il prit ma main, la haussa doucement jusqu'à ses lèvres et m'embrassa le bout des doigts dans un geste de tendresse.

Je m'endormis paisible, le cœur plein de rêves éblouis.

Le soleil se faisait chaque jour plus chaud ; au loin, les montagnes de la côte et le Vésuve au cœur de la baie de Naples se fondaient dans une brume presque blanche.

Vêtue d'un short, un chapeau de paille jaune-orange sur la tête, mon attirail sous le bras, j'allais peindre. Tout le jour, je pensais à l'instant où je verrais Robert... Je ne prononçais pas encore le mot « amour », il était encore trop tôt.

L'amour naît pourtant en un instant, dans la rencontre de deux regards, de deux mains qui se frôlent, de deux voix dont les intonations tout à coup se font caressantes...

Je ne demandais jamais rien à Robert, j'attendais qu'il me dise s'il voulait ou non me revoir. Et c'est ainsi que, respectant sa joie de vivre, son métier et sa liberté, j'ai gagné le chemin de son cœur.

Les quelques jours qui suivirent ce coup de foudre furent, en apparence, uniquement faits d'une joie étincelante et sans faille. Mais Noëlle, à qui je confiais tout, était bien la seule à savoir que derrière mon masque heureux, il y avait l'ombre d'une inquiétude...

C'est que j'avais vu « la logeuse » de Robert. Lorsqu'il m'avait parlé d'elle, « Concetta », j'avais imaginé une femme d'une cinquantaine d'années, une Italienne plutôt lourde, avec un chignon de cheveux noirs dans le cou... Ce n'était pas cela du tout ! C'était une très jeune femme, 25 ans maximum, native de Capri et belle comme tous ses habitants, d'une beauté sauvage, lumineuse. Mince, élancée, elle ne portait que des robes couleur de corail qui faisaient ressortir le ton cuivré de sa peau et la faisaient ressembler à une flamme.

Robert était mon premier amour et je savais bien que je ne serais jamais une femme capricieuse et volage. Je souhaitais connaître mieux le jeune homme, le revoir souvent, m'attacher à lui, je souhaitais la ligne droite : les fiançailles et le mariage, le bonheur tranquille. D'ailleurs Robert, bien qu'ayant fait le tour du monde, ayant vécu au Viet-Nam, à Rio ou à Tahiti, n'était pas du tout le séducteur, le don Juan né. II semblait avoir véritablement pour moi un attrait profond. Noëlle me dit un jour qu'à ma place elle serait très jalouse de Concetta, la logeuse. Moi, je décidai de n'en rien laisser voir. Je croyais avoir percé l'un des secrets de Robert qui était d'une indépendance sentimentale farouche. Lorsque je le rencontrai, un jour, en compagnie de Concetta, je lui fis un large sourire, cachant mon inquiétude, et le soir, entre deux rires, je lui dis :

— Vous en avez de la chance, elle est ravissante votre logeuse !

A la lueur qui brilla dans ses yeux, je sus qu'il me savait gré de ma discrétion et de ma gentillesse. Maintes femmes ne gagneraient-elles pas à cacher les blessures que la jalousie leur inflige ?

Il y eut pourtant une certaine rivalité entre la jeune femme de Capri et moi et, tandis qu'elle semblait plus ardente, plus volontaire, plus exclusive, je m'appliquais à être sereine et détachée.

Un jour, Robert me dit :

— Je sais très bien toutes les raisons pour lesquelles je suis tombé follement amoureux de toi. Outre que tu es belle et charmeuse et intelligente, il y a aussi ta force morale...

Je lui souris en lui répondant que je n'étais qu'une gamine.

— Ma force morale, c'est l'amour qui me l'apprend, Robert.

Il avait une très haute idée du bonheur humain. Certes, il devait être fait de plaisirs, de satisfactions, d'insouciance, mais le bonheur d'un couple, disait-il, se conquiert, comme on conquiert la mer, qui, tour à tour, est farouche ou facile...

Nous nous étions fiancés à la fin des vacances. Il avait repris son travail d'officier et j'attendais Noël et Pâques pour passer quelques jours avec lui. Dans toutes ses lettres, il parlait de notre mariage.

Capri, l'île de la joie, m'avait apporté l'amour.

J'avais aussitôt tout raconté à mes parents. Ils m'avaient répondu qu'ils voulaient faire la connaissance de Robert et de sa famille le plus vite possible. La grande réunion familiale se fit à Noël; Robert amena ses parents, qui habitaient Marseille, et la table ornée de bougies et de fleurs, les cadeaux, le grand arbre décoré d'étoiles, tout reflétait le simple bonheur de vivre qui était un trait commun ineffaçable entre nous tous... Les parents s'entendirent aussi bien que les enfants et, vraiment, je ne rencontrais aucun obstacle à notre amour.

Durant les mois d'attente, Robert m'écrivait tous les jours. Puis il obtint un poste à Gênes. Nous pourrions ainsi aller souvent en pèlerinage dans l'île de notre amour. Le mariage fut très simple, dans l'intimité.

Maintenant que j'ai raconté notre simple histoire, où tremble à peine l'ombre d'un personnage dont j'aurais pu être jalouse, Concetta, on peut se demander pourquoi, aujourd'hui, dans ce clair soleil, tandis que je descendais vers le port en compagnie de Massimo, devenu le mari de Francesca, pourquoi je pensais que j'avais perdu mon insouciance et mon calme.

Que s'est-il passé en moi depuis quelques jours? Les sortilèges de Capri ont-ils joué contre ma joie, après l'avoir construite, il y a trois ans?

Nous n'étions pas revenus dans l'île depuis nos fiançailles. J'avais continué à peindre et à vendre mes tableaux pendant que Robert prenait son poste et organisait son travail. Mais nous nous étions promis que nous retournerions un jour à Capri, à la recherche de nos souvenirs.

J'avais totalement oublié Concetta, je l'avoue. Aussi fus-je très fortement impressionnée par le fait que la première personne que nous vîmes en débarquant du bateau était précisément la jeune femme. Elle ne portait pas d'alliance, ses cheveux étaient plus longs qu'autrefois et elle avait l'air triste. Robert l'avait reconnue tout de suite, mais il avait imité mon silence et détourné la tête.

Ce fut le premier nuage sur le ciel clair de notre amour.

Comment a-t-elle fait pour inviter mon mari sans que je le sache ?

Hier, lorsqu'il m'a dit : « J'ai une petite course à faire, je ne peux pas t'emmener », j'ai eu peur soudain. J'étais presque sûre que c'était Concetta qui l'appelait.

Alors, j'ai employé une ruse indigne : je me suis assise à une terrasse de jardin qui domine le village, sur un mince promontoire, les jumelles — que Robert emmène toujours en voyage pour scruter la mer — sur la table près de moi…

A trois heures et demie, j'ai vu Robert sortir d'un café et longer le port, puis disparaître, réapparaître au tournant de la route, vers l'endroit qu'il habitait autrefois… Mais il me sembla qu'il dépassait la maison de Concetta, montait toujours… Je ne le voyais pas bien. Je soufflai sur le verre des jumelles, les essuyai avec un pan de ma robe et les portai de nouveau à mes yeux. J'avais perdu de vue Robert. Bientôt, je crus le voir avec une jeune femme vêtue d'une robe corail, mais ce n'était pas lui. J'avais eu un petit coup au cœur, et je décidai de ne plus le surveiller.

« Ce rôle d'espionne est ignoble », me disait ma conscience.

Je rentrai en hâte à l'hôtel, rangeai les jumelles ; quelques instants plus tard, Robert revint, un petit paquet soigneusement plié sous le bras. Il eut l'air étonné de me trouver là…

Il voulut me prendre dans ses bras ; mais l'image d'un homme et d'une jeune femme en robe corail me revint en mémoire. Si j'avais bien vu ? Et pour la première fois, je le repoussai. Il n'insista pas, mettant ma nervosité sur le compte de la migraine.

Le lendemain matin, il m'annonça :

— Je voudrais passer dire bonjour à Concetta. Elle va savoir par les gens de l'île que je suis ici et elle sera vexée que je n'aille pas la voir, peinée peut-être ; elle était gentille avec moi autrefois. Je n'en ai pas pour longtemps. Nous nous retrouverons sur la plage ? J'ai hâte de nager avec toi, ma chérie. Nous retournerons aux rochers.

Je boudai :

— Oh non, je n'y arriverai pas, j'ai vieilli, moi ! L'air des villes n'est pas si sain que celui de Capri. Concetta n'a pas changé, elle, mais moi...

Il me saisit dans ses bras.

— Eh bien ! cela me donnera le plaisir de te tirer... J'aime bien quand tu es un peu lasse et que tu te laisses emmener par ton bonhomme de mari. Au revoir, mon agneau, à tout de suite.

J'ai chaud ce matin en descendant le chemin escarpé entre les buissons et les lauriers-roses... Le soleil me brûle. J'ai changé cette nuit, changé depuis la petite escapade de Robert, depuis ma jalousie naissante et mon désir d'échapper à ce mal avant qu'il ne soit trop tard. Il me semble que malgré tant de bleu, la journée est noire...

Massimo, rencontré au détour de la route, m'a demandé où j'allais et il a bien vu que j'étais désorientée ; mais il m'a laissée, lui aussi.

Une femme mariée est seule avec ses problèmes.

Je suis descendue d'un pas incertain vers la plage de Marina Piccola qui m'a paru plus mondaine qu'il y a deux ans. Je ne retrouve pas la simplicité de mon île, sa sauvage beauté et tout me paraît plus factice.

Je vais vite me jeter à l'eau.

Au moment où je vais me lancer dans les flots, j'aperçois Concetta, habillée d'une jolie robe à fleurs, cheveux défaits. Elle me tourne le dos, elle parle à quelqu'un qui, lui, est en maillot et que je reconnais tout de suite : Robert !

J'ai envie de hurler! Pourquoi l'accompagne-t-elle à la plage? Ils sont assez rapprochés et doivent se parler à voix basse. Que peuvent-ils bien se dire ? Hier, ils étaient sans doute ensemble, et aujourd'hui ils prennent un rendez-vous pour l'heure de la sieste. « Tu es folle! me dit la voix de ma conscience, folle à lier! »

Robert m'a vue, lui aussi, et il me fait, un grand signe qui veut dire:

« Viens avec nous! » Je fais celle qui n'a pas vu. J'ai honte de mes soupçons, mais comment combattre la jalousie? C'est un mal dévorant, un feu que rien n'éteint.

Je me jette dans la mer et nage le plus vite, le plus loin possible. Comme je suis émue, bouleversée, mon cœur bat trop vite et je n'ai pas de souffle. Pourtant, l'eau est soyeuse et chaude. Tandis que je nage un bon crawl et que je retrouve, grâce au sport, mon équilibre un instant compromis, je poursuis mes raisonnements, et c'est bien la voix de ma conscience qui triomphe: « Tu sais bien, me dit-elle, qu'hier Robert est réellement allé faire une course. Pour quoi? Il n'a pas voulu te le dire. Tu ne devines pas? Ton anniversaire est la semaine prochaine. Il ne voulait pas que tu voies ce qu'il a choisi pour toi, ce petit paquet bien plié qu'il a aussitôt rangé dans sa valise. C'est une surprise pour toi, POUR TOI. »

Mais j'ai mal, je chasse cette voix sensée. Je souffre et j'entretiens mes griefs contre ce jeune et bon mari...

Et soudain, j'entends l'appel de Robert derrière moi: il m'a rattrapée en nageant.

— Agnès! Agnès! Pourquoi vas-tu si loin?

Il nage vraiment comme un poisson. Il est là, contre moi.

— Je voudrais aller le plus loin possible, ne pas revenir...

Je me suis trahie.

— Qu'y a-t-il? Tu as une voix sinistre, je ne t'ai jamais vue ainsi.

Très lasse, je continue toujours à nager.

— Tu vas être fatiguée, ma chérie. Tu es une bonne nageuse, mais là, tu exagères.

Il s'est approché tout près de moi. Il voit mes yeux pleins de larmes, alors je plonge la tête sous l'eau. Il me force à ressortir.

— Ma chérie, ma chérie, qu'est-ce qu'il y a ? Tu es fâchée parce que j'ai parlé à Concetta ? Comme je t'aime, comme je suis fier de te voir un peu jalouse ! Tu m'aimes donc tant ? Je n'aurais jamais cru que tu puisses souffrir de jalousie. Allons, accroche-toi à mes épaules, je te ramène. Oublie tout cela...

Il me tire, et je me laisse glisser dans l'eau merveilleuse.

— On est si heureux à Capri, ma petite Agnès ! Tu n'as pas besoin de te faire le moindre souci. Concetta me faisait une confidence : elle m'annonçait une belle chose grave : elle est mariée depuis peu et attend un bébé. Elle a eu beaucoup de soucis mais elle est enfin heureuse...

Je le sais maintenant : toujours je garderai, plus fort que l'image de mon mari debout à côté de Concetta sur le sable, le souvenir de ce retour à la nage, tandis que nous fondions nos mouvements dans le même rythme et que l'île brillait à portée de notre main comme un paradis d'où l'angoisse serait à jamais chassée et où s'épanouirait notre amour grand comme le monde.

FIN

Nous Deux
L'Hebdomadaire
qui porte Bonheur
RENCONTRE...

Don juan en vacances

Publié dans
Nous Deux *n° 1190, 2e trimestre 1970*

L'histoire

Quelques jours à la montagne dans un chalet, de l'air pur, une bande d'amis, et parmi eux un séducteur, beau à se damner...

Cet été-là, mes parents, retenus à Paris par leur commerce, me confièrent pour les vacances aux parents de mon amie, Jacqueline Fléard, qui allaient passer deux mois dans un village de montagne, village modeste mais satellite d'une élégante station pourvue d'un casino, de cinémas et autres attractions touristiques. C'était la montagne telle que je l'aime, avec des sommets accessibles aux moins courageux, des premiers plans boisés, riches en promenades faciles.

Les Fléard emmenaient des amis, un jeune couple, Marc et Ginette Lefranc, Mme Delban et ses deux filles, Marthe et Hélène, le fiancé de celle-ci devant la rejoindre à la fin du séjour. Jacqueline était née d'un premier mariage de sa mère et elle m'annonça quelques jours avant le départ :

— Il y aura aussi le neveu de mon beau-père, Gilles Cluzier. Il a 24 ans, et je t'en préviens, c'est un véritable don Juan, ma chère ! Aucune fille ne lui résiste ! Maman ne tenait pas beaucoup à sa présence, mais il n'a plus que son père, qui est au Maroc, et il vient de passer de brillants examens, alors...

— Ah ! il trouve le temps de passer des examens ? observai-je avec ironie.

— Il faut croire. Il est très intelligent, mais il est dangereux, je t'assure...

— Pas avec toi, tout de même ?

— Oh ! moi, dit-elle trop vite, tu penses que je suis vaccinée ! Je le connais depuis si longtemps, on est copains. C'est quand même un bon garçon, mais il a trop de charme, que veux-tu ! Les filles lui courent après...

— Peut-être, dis-je froidement. Pour ma part, je ne veux pas qu'il me confonde avec les autres et je déteste ce genre d'hommes qui se croient irrésistibles...

— Se savent irrésistibles, rectifia-t-elle. Je t'assure qu'il l'est vraiment, tu verras. D'abord, il est très beau.

— En tout cas, ce n'est pas dans notre groupe qu'il exercera ses ravages : je suis allergique à ce type masculin, toi vaccinée, Hélène est fiancée et Ginette mariée. Quant à Marthe, elle est quand même trop jeune.

— Bon ! fit Jacqueline d'un air dubitatif. Enfin, te voilà prévenue.

Toute la tribu, comme on prit l'habitude de dire, devait occuper deux chalets bâtis dans le même enclos orné de parterres fleuris. Les Fléard et moi, nous arrivâmes les premiers, puis le lendemain, Mme Delban avec ses filles, Marthe, une adolescente agréable, Hélène, une blonde extrêmement jolie. Le soir, on accueillit Marc et Ginette, qui me furent tout de suite sympathiques, mais on devinait qu'ils seraient des compagnons distraits et intermittents, tout occupés l'un de l'autre dans une lune de miel prolongée. On leur attribua la grande chambre du premier étage, au chalet « Les Edelweiss ». Sur le même palier, je pris possession de ma chambre, plus petite, mais charmante avec ses cretonnes aux tons vifs et une vue sur le jardin. Les jeunes époux disposaient en outre d'une petite cuisine et d'une salle d'eau. Au rez-de-chaussée logeaient les dames Delban, qui devaient partager nos repas, cuisinés et servis aux « Clématites » par une femme du village.

Aux « Clématites » logeaient les Fléard à l'étage, le bas étant occupé par la cuisine et une grande salle de séjour. Gilles ayant réclamé une chambre indépendante devrait se contenter d'une petite pièce donnant directement sur la route, ce qui favoriserait ses escapades. Tout le monde parut satisfait de ces arrangements, y compris le beau garçon qui arriva le dernier. Je lui attribuai tout de suite des calculs et des arrière-pensées ; prévenue de son défaut majeur, je crus pouvoir lui ajouter tous les autres. C'était injuste, mais mon injustice me réjouissait, me protégeait mieux encore du bellâtre, comme je le nommais, à part moi.

Ce terme ne lui convenait pas du tout, car il avait une beauté virile et franche qui, tout de suite, me frappa. Il conduisait une petite voiture rouge ; cadeau de son père, dont il descendit, grand, svelte, vêtu avec une élégance nonchalante et raffinée. Des cheveux châtains, des traits fermes et purs, une bouche sensuelle et des yeux clairs sous de longs cils, il était réellement séduisant, avec un charme caressant dans ses manières, sa voix, charme contre lequel je m'insurgeai aussitôt, refusant même de le reconnaître. Il me dédia comme aux autres un radieux sourire que je ne lui rendis pas, lui tendant seulement le bout de mes doigts d'un air contraint. Il les effleura distraitement, sans paraître remarquer mon attitude hostile. Les jours suivants, il affecta de m'ignorer totalement ; je m'efforçais de m'en croire enchantée, alors qu'au fond, vexée de son dédain, je lui prêtais malgré moi plus d'attention que je n'aurais voulu.

Chacun organisa sa vie à sa guise : je faisais des promenades avec mon amie Jacqueline et les demoiselles Delban, et aussi parfois seule. J'aimais particulièrement aller rêver dans un endroit désert, près du torrent qui bondissait dans de petites gorges moussues. Gilles, les premiers jours, demanda poliment à partager ces promenades, pendant lesquelles je l'observai ardemment pour me confirmer dans mon hostilité. Puis il poussa la gentillesse jusqu'à proposer des balades dans sa voiture, où trois filles seulement pouvaient monter. Comme j'avais refusé systématiquement ses invitations, il n'insista pas. Et tandis qu'il les emmenait je ne sais où, je me réfugiais près du torrent, y poursuivant des rêveries où l'avenir et l'amour tenaient la plus grande place, comme chez la plupart des jeunes filles, même les plus « libérées ».

D'ailleurs, ces « virées » avec de sages adolescentes et une fiancée ne durent pas tarder à lui peser, car, au bout de quelques jours, on ne le vit plus qu'aux repas et encore pas toujours.

— Tu nous délaisses, mon garçon, lui disait M. Fléard d'un ton de reproche indulgent. Tu pourrais peut-être emmener un peu danser ces demoiselles au casino un de ces soirs…

En attendant la soirée au casino, un après-midi, sans doute pour contenter son oncle, il nous convia à l'accompagner à Annecy. Marthe était souffrante, et Jacqueline insista tellement pour que je les accompagne, elle et Hélène, que je dus accepter. Elle monta à la droite de Gilles, Hélène et moi à l'arrière, et l'auto fila, descendit doucement vers la vallée. Assise derrière le chauffeur, je voyais sa nuque dorée, ses beaux cheveux ; vaguement troublée je m'en irritais ; j'admirais aussi sa maîtrise au volant, tandis qu'il bavardait avec Jacqueline. Comme il pleuvait toujours, il stoppa devant un bar, un endroit feutré, éclairé de lumières douces, où des couples dansaient languissamment aux sons voilés d'un pick-up.

Mes compagnes acceptèrent un whisky, tandis que je buvais un jus de fruits, puis Gilles invita Jacqueline à danser. Ensuite ce fut le tour d'Hélène. Je les regardais glisser dans les bras du garçon, corps contre corps, joue contre joue, et l'air de béatitude des danseuses m'exaspérait ; même Jacqueline semblait extasiée. Je restais dans mon coin, oubliée, ulcérée, rageant en silence. Certes, je n'aurais pas voulu danser avec Gilles pour un empire, mais quelle grossièreté de ne pas m'inviter, quelle muflerie de paraître ignorer ma présence ! Au moment de partir, comme par acquit de conscience, il vint à moi et m'invita d'un geste désinvolte et d'un sourire que je jugeai insolent. Je secouai la tête, refusai d'un « non » dédaigneux sa muette et cavalière invitation. Alors Hélène s'élança dans ses bras pour une dernière danse ; puis il la ramena, lui débitant à l'oreille je ne sais quels propos qui la faisaient rire aux éclats, et cette attitude, chez la fiancée d'un absent, me scandalisa.

Je me sentais furieuse contre elle, contre lui, contre moi-même, contre tout et tous quand nous repartîmes ; ma fureur se doublait d'une inexplicable envie de pleurer, si bien qu'aussitôt rentrée dans ma chambre, je me mis à sangloter. De ce jour, je crus voir aussi un changement dans l'attitude de Gilles envers moi, je sentais souvent son regard fixé sur moi, comme s'il cherchait à percer une énigme ; en effet, cette fille rebelle ne pouvait être pour ce vainqueur sans échecs qu'une énigme insoluble.

Puis, de nouveau, on ne le vit plus guère au chalet, mais on le vit passer au volant de sa voiture flanqué d'une jolie fille, rarement la même, ou s'afficher avec elle dans le village. « Enfin, le voilà dans son élément, pensais-je. Il peut déployer tous ses charmes, ce qui lui est difficile dans notre petit groupe presque familial, il ne peut aller trop loin avec aucune d'elles... »

En quoi je me trompais lourdement. Car, un jour que je faisais ma promenade favorite aux bords du torrent, comme j'arrivais à l'endroit le plus sauvage et le plus désert — j'avais remarqué que nul estivant ne se hasardait jamais jusque-là — j'aperçus un couple abrité dans une anfractuosité et, m'approchant doucement, je reconnus l'homme : c'était Gilles.

J'enrageai de nouveau. « Voilà qu'il donne ses rendez-vous dans l'endroit que je préfère. » Je faillis rebrousser chemin, puis la curiosité me poussant, au contraire, comme malgré moi, j'avançai sans bruit sur la mousse. Alors je reconnus la femme, n'en croyant pas mes yeux : c'était Hélène ! Hélène, la fiancée de Luc ! Je ne compris pas tout de suite, me demandant seulement ce qu'elle faisait là. Peut-être se promenait-elle, l'avait-il rejointe, s'étaient-ils rencontrés par hasard ? Je m'efforçais de le croire, contre toute évidence. Hélène n'était-elle pas la mieux protégée, par sa parole donnée à l'homme qu'elle devait épouser ? Son attitude abandonnée et trop gaie de l'autre jour, bien qu'elle m'eût choquée, n'avait peut-être rien de bien répréhensible ? Immobile, troublée, je me disais cela quand, tout à coup, je vis Gilles se pencher vers elle et les deux silhouettes se fondre en une seule, étroitement unies par un baiser.

Je restais là, horrifiée, incrédule encore. Puis je me sauvai en courant, trébuchant parmi les roches humides, avec l'envie de me jeter dans le torrent. Je pensais avec indignation qu'il venait semer le désordre dans notre paisible « tribu », et il jetait son dévolu sur celle qui ne s'appartenait plus ! C'était intolérable ! Mais que faire ? Que dire ? Comment sauver celle qui voulait se perdre ? Ce n'était pas à moi de lui rappeler son engagement. Je m'étais juré de ne souffler mot à personne de ce que j'avais vu, même à Jacqueline. Mais je ne pus me taire longtemps.

— Devine qui j'ai aperçu dans un lieu discret en compagnie du beau Gilles, qui l'embrassait ? Je te le donne en mille ! Tu ne devines pas ? Hélène !

Je la vis pâlir. Quoi ! Elle qui se disait vaccinée, les galanteries du séducteur avaient le pouvoir de la troubler ?

— Tu es sûre, reprenait Jacqueline, sûre que… qu'il l'embrassait ?

— Absolument sûre.

Je voyais bien qu'elle souffrait de jalousie, quoi qu'elle m'eût déclaré, mais qu'il jetât son dévolu sur l'une de nous la bouleversait visiblement.

— C'est affreux, répétait Jacqueline. Jamais je n'aurais cru ça de... d'elle. Si sa mère savait ça ! Ce pauvre Luc !

— Ne penses-tu pas que Gilles est le plus coupable ? dis-je sévèrement.

Elle se contenta de me répondre que nous devions feindre de tout ignorer. Au dîner, Hélène demeura imperturbable et j'aurais pu croire que j'avais rêvé si, de temps en temps, un frémissement de sa bouche, un battement de ses cils, un regard rapide que moi seule surprenais n'avaient trahi son émoi. Lui riait, très détendu, sans nul complexe de culpabilité, c'était évident. Tous partageaient sa gaieté, moi seule détournais de lui des yeux pleins d'indignation, bouleversée par cette idylle effrontément vécue parmi des êtres confiants, à cent lieues de la soupçonner.

Les jours suivants, je les surveillai étroitement, mais leur discrétion était telle que je ne pus rien surprendre de nouveau. Je me demandais néanmoins comment Hélène pouvait échapper à la compagnie de sa sœur, qui ne se doutait de rien, quels prétextes elle pouvait invoquer pour quitter sa mère. L'amour rend fou, mais habile aussi. Marthe n'avait que 16 ans, j'aurais trouvé Gilles odieux de tenter de la séduire, elle, mais en même temps, je m'indignais de ce qu'il lui fallût non seulement la plus belle, mais celle qu'un autre aimait. Cela donnait un piment inédit et savoureux à la banale aventure, car c'en était une ; il n'aimait certes pas sa conquête, il était bien incapable d'aimer, ce fat, ce goujat, ce monstre, ce... Je ne trouvais plus assez d'injures pour le flétrir et le maudire.

Comme je vivais les yeux fixés, sans en avoir l'air, sur les deux coupables, je finis par remarquer un subtil changement dans le visage et le comportement d'Hélène. Elle avait mauvaise mine, la lumière qui fardait ses joues, faisait briller ses yeux, s'éteignait, un mystérieux chagrin semblait l'habiter. Elle regardait encore Gilles à la dérobée, mais ses regards étaient pleins de tristesse et d'une interrogation que j'essayais de deviner. Serait-elle déjà délaissée ? A présent, nous étions huit à table ; Ginette n'avait plus le goût de cuisiner pour elle seule, son mari ayant été rappelé pour remplacer un collègue tombé subitement malade. Il était parti désolé, nous confiant sa femme avec chaleur.

— Distrayez-la, n'est-ce pas ? Pauvre chérie, je ne veux pas que ses vacances soient gâchées ! Elle voulait y renoncer et rentrer avec moi, mais je refuse, elle a besoin de sa cure d'air montagnard. Distrayez-la, remplacez-moi un peu ; songez que nous ne nous sommes encore jamais quittés !

Nos promesses le rassérénèrent un peu. Ginette s'intégra donc plus étroitement à notre groupe. Elle était, elle aussi, extrêmement jolie. Gilles sembla prendre au pied de la lettre les recommandations du mari et mettre tout en œuvre pour l'empêcher de s'ennuyer. Il proposa des « virées » aux alentours pour qu'elle pût y participer, et elle acceptait de bonne grâce la place que je lui cédais avec élan, un élan quand même un peu voulu. Tout d'abord assombrie par le départ de Marc, elle s'égayait maintenant, redevenant une jeune fille insouciante. C'était à elle qu'allaient toutes les prévenances de Gilles, c'était elle qu'il faisait le plus danser. On eût dit, une fois de plus, qu'il préférait les conquêtes difficiles, interdites.

Pendant ce temps, Hélène devenait de plus en plus triste, triste de se voir remplacée auprès de l'inconstant. De toutes ces intrigues, ni les Fléard ni Mme Delban ne soupçonnaient rien, et quand le drame éclata, ce fut pour eux tous comme un coup de tonnerre dans un ciel en apparence serein.

J'étais remontée dans ma chambre assez tard. Agitée, tourmentée, je ne pouvais m'endormir et il était près d'une heure du matin quand je me décidai à aller chercher de l'eau à la cuisine pour prendre un somnifère. Quand je revins sur le palier, j'eus le temps de voir s'ouvrir la porte de Ginette et une silhouette masculine s'y engouffrer. « Tiens, pensai-je après quelques secondes de saisissement, son mari est rentré... » Pourtant il ne devait pas revenir avant deux semaines et, au dîner, elle n'avait parlé de rien. Mais lui seul pouvait avoir une clé. Pourquoi, malgré cette hypothèse vraisemblable, demeurais-je inquiète, troublée, au point de ne pouvoir trouver le sommeil ?

J'en oubliai de prendre le somnifère et ne m'assoupis qu'à l'aube, mais si légèrement que je fus réveillée par le bruit de la porte d'en face et celui d'un pas pourtant précautionneux sur le palier. Son bois de sapin neuf craquait facilement, celui de l'escalier encore davantage et j'eus le temps, ayant ouvert brusquement ma porte, de voir y bondir un homme, qui ne ressemblait pas à Marc Lefranc : c'était Gilles. Je me recouchai anéantie, pleine d'amertume et de dégoût. Gilles était un misérable, qu'il eût fallu chasser ignominieusement de notre petite communauté ! Je l'avais vu faire le joli cœur auprès de Ginette, mais jamais je n'aurais supposé qu'il osât aller jusque-là ! Et de plus avec le plein consentement de la jeune femme, car il n'avait pas forcé sa porte, elle la lui avait ouverte elle-même, je l'avais vu. Oui, la stupeur et le mépris se partageaient mon cœur, et quelque chose de plus profond, d'inavouable, dont je ne devais comprendre que plus tard la force. Il me fallait tolérer cela encore, vivre dans cette atmosphère de mensonge et de trahison, cacher aux parents abusés toutes ces intrigues malsaines nouées sous leur toit... Le fiancé trompé, l'époux trahi, tous deux ignorant leur malheur. Quelle tristesse !

Le surlendemain, Ginette et moi fûmes réveillées de très bonne heure par les cris de Mme Delban affolée :

— Ma fille, mon Hélène est morte !

Nous descendîmes en courant, Ginette téléphona en hâte à un médecin tandis que je tentais d'apaiser et de rassurer la pauvre mère. Hélène n'était pas morte, mais le flacon de gardénal à moitié vide sur la table de chevet expliquait suffisamment le drame.

— Elle dormait très mal ces derniers temps, sanglotait Marthe qui partageait sa chambre... Hier, elle a dû forcer la dose sans se rendre compte... Et je n'ai rien vu, rien soupçonné, je dormais, moi !

Le médecin arriva enfin, suivi de près par l'ambulance, parla de lavage d'estomac, s'efforça d'être rassurant. Le soir, on apprit que l'imprudente était sauvée. Je respirai, et j'osai regarder en face le visage de Ginette, encore défait. Enfermée chez elle tout le jour, elle avait eu le temps de méditer sur les conséquences de sa folie, qui risquait de la rendre responsable de la mort d'une rivale, de blesser mortellement aussi l'homme qui venait de lui donner son cœur et son nom... Elle venait de recevoir un rude choc, de comprendre que la vie n'est pas un jeu, et l'amour non plus. Ce serait pour elle une forte leçon; elle reviendrait à son mari, oublierait, deviendrait peut-être fidèle... Je l'espérais, j'espérais aussi qu'Hélène retrouverait son fiancé et qu'elle ne l'avait pas aussi gravement offensé. De quoi avait-elle souffert pour vouloir mourir ou seulement oublier, car la dose n'était pas mortelle: de se voir préférer Ginette par le séducteur? Ou du remords d'avoir trahi celui qui l'aimait pour celui qui s'amusait d'elle ?

Le lendemain, Mme Delban annonça que sa fille voulait sans plus tarder quitter ce village qui ne lui rappelait désormais que des heures cruelles. Nous ne la revîmes qu'au moment des adieux, un peu pâle encore, mais calme, et même souriante.

— Elle a hâte de revoir Luc, chuchotait Mme Delban. Nous allons célébrer le mariage le plus tôt possible.

Ginette aussi partit quelques jours plus tard, rejoindre son mari. Il y eut quelques repas gênés, bien qu'elle crût son aventure ignorée de tous : Gilles eut le tact de n'y pas paraître. Après ces départs, il reparut, toujours désinvolte, en apparence du moins. Mais sous sa désinvolture, moi seule peut-être distinguais en lui un changement subtil, une gravité neuve, sans croire pourtant le moins du monde à son remords. Les « Edelweiss » désertés, j'étais venue partager aux « Clématites » la chambre de Jacqueline. Un jour où elle était partie en promenade avec ses parents, je restai seule au chalet, volontairement; j'avais besoin de me recueillir, de faire le calme en moi-même après tous ces orages qui m'avaient troublée jusqu'au fond de l'âme. J'avais vu Gilles partir de son côté dans sa voiture, de très bonne heure.

Après une modeste collation, je m'installai avec mes livres et mes cahiers dans la salle de séjour, car j'avais négligé d'étudier durant ces bouleversements. A peine avais-je commencé de travailler que Gilles entra. Je l'évitai autant que je le pus et je fis un mouvement pour me lever et quitter la pièce. Il vint se planter devant moi et dit d'une voix morne:

— C'est à ce point-là?

— A ce point-là… quoi ? m'entendis-je répondre, oubliant dans ma surprise et ma curiosité ma résolution de garder le silence.

— C'est à ce point-là que vous me détestez ? Ne niez pas ! Vous m'avez détesté dès le premier jour.

— Sans doute parce que je pressentais tout le mal que vous alliez faire ici, dis-je froidement.

Il essaya de crâner.

— Le mal, je ne l'ai pas fait tout seul, elles y ont collaboré, non ? Je leur ai d'ailleurs rendu service.

— Cynique, avec ça ! fis-je avec mépris. Et lui tournant le dos, je m'éloignais déjà, quand un bruit étrange me fit me retourner presque malgré moi, et je vis que Gilles, affalé sur la table, sanglotait. C'était si inattendu, si incroyable, cette faiblesse et ce désespoir succédant à la bravade, ce « tombeur de filles » pleurant comme un gosse, que je m'arrêtai net. Aussi brusque que celui de Gilles, un changement se fit en moi aussi. Emue, étreinte d'une pitié maternelle, de je ne savais quoi, qui était bien davantage, qui était… J'avais beau le nier, je devais reconnaître à la fin ma propre défaite : ce que j'éprouvais pour ce monstre, c'était… de l'amour. Un amour né dès le premier jour, et refusé, jugulé, changé en haine, cette haine qui est souvent l'envers de l'amour. Tant de beauté, de charme m'avaient conquise sur-le-champ, comme les autres, mais prévenue par Jacqueline, tremblant de souffrir, d'être humiliée par ce don Juan, j'avais dit non à cet irrésistible sentiment, je l'avais nié farouchement, je voulais garder mon cœur pour un homme digne de ce nom, qui pût être un compagnon sûr, fort, fidèle ; celui-ci ne pouvait être que mon malheur.

J'avais souffert en secret de son indifférence, dévorée de jalousie en le voyant courtiser les autres… Pourquoi ne daignait-il pas jeter les yeux sur moi, qui me savais aussi jolie que mes compagnes ? Pourtant, j'étais résolue à nier encore, à ne jamais lui avouer ma faiblesse. Si ses larmes n'étaient qu'une comédie ? Pouvais-je lui faire confiance ? Malgré tout, je ne résistai pas à l'envie de le consoler ; cela, je le pouvais sans rien trahir de mes véritables sentiments, je pouvais sans humiliation me montrer miséricordieuse. Je posai ma main sur ses cheveux.

— Ne pleurez pas, voyons... Tout est réparable, si on le veut bien. Il releva le front, repoussa ses mèches mouillées ; je ne vis plus qu'un enfant douloureux, inexplicablement, après tant de forfanterie. Et il dit. d'une voix enrouée et fervente :

— Vous, j'ai toujours su que vous n'étiez pas comme les autres, vous étiez faite pour un amour sérieux.

— Je ne peux aimer qu'un homme qui ait un cœur, une âme, un caractère, déclarai-je fermement.

— Et vous pensez, dit-il amèrement, que moi, je n'ai ni cœur ni âme ? Ecoutez-moi, Martine, vous pouvez bien m'écouter pour la première et probablement la dernière fois... A 20 ans, moi aussi, j'ai follement aimé une fille. Elle était belle comme le jour, elle semblait m'aimer aussi, elle jurait de m'aimer toujours. Mais elle était perfide, changeante, infidèle... Elle en épousa un autre. Je crus devenir fou, je faillis me tuer, et finalement je me vengeai sur les autres, je pensai qu'elles étaient toutes les mêmes, perfides, changeantes, infidèles. Je leur fis croire tout ce que je voulus, je pris plaisir à voir jusqu'où pouvaient aller leur faiblesse, leur duplicité. J'ai vu... Vous avez vu aussi ! Comment peut-on aimer des femmes pareilles, prêtes pour un mot de vous à toutes les trahisons ? Mais vous, vous n'êtes pas de celles-là, j'ai su tout de suite qu'il vous fallait un amour vrai, et je vous ai fuie pour ne pas vous aimer, je savais que vous m'auriez repoussé comme vous l'avez fait le seul jour où j'ai osé vous inviter à danser... « Mais je mourais d'envie d'accepter », avais-je envie de crier.

— Je courais après toutes, mais je ne pensais qu'à vous, Martine, à vous, pure, froide, grave, implacable à mon égard, mais je devinais en vous une douceur cachée, un trésor de tendresse pour celui qui en sera digne... Et cet homme, je l'envie.

« Cet homme, ce peut être vous », criai-je encore dans mon cœur. Si je le criais tout haut, n'allais-je pas tout gâcher, tout détruire ?

— Mais vous pourriez m'aider à changer, j'ai voulu être cynique, mais je ne suis pas si mauvais, vous savez, et si vous vouliez me faire confiance, être mon amie... Vous seule pouvez me faire croire à la vertu et à la sagesse des femmes, vous, je pourrais vous aimer !

— Gilles, je serai votre amie, dis-je doucement, et je vous aimerai peut-être un jour...

— Oh ! Martine, est-ce vrai ? fit-il avec élan.

— Il dépend de vous que ce soit vrai.

Nous rentrâmes tous à Paris quelques jours plus tard. Gilles devait faire son service militaire et il était convenu entre nous que son absence serait aussi un temps d'épreuve qui nous permettrait d'être vraiment sûrs de notre cœur. Et j'avais désormais confiance en lui et c'était déjà le bonheur. Seule, une épine m'était restée au retour ; je me rappelais certaines réactions de Jacqueline : si elle aimait Gilles, sans le savoir ? Elle dissipa mes craintes en m'avouant un jour :

— Tu sais, j'ai retrouvé un copain de la Fac, Jean Leudel... On se plaisait bien alors, et puis... on s'était perdus de vue... Et voilà qu'on s'est aperçus qu'on s'aime, pour de bon ! J'ai voulu que tu sois la première à le savoir.

— Je suis heureuse pour toi, chérie ! Alors, vraiment, Gilles... ?

— ... n'a jamais été qu'un bon copain et rien de plus, je t'assure !

— Alors... Que dirais-tu s'il devenait un garçon sérieux et si nous nous mariions ?

Elle me regarda, étonnée, puis éclata de rire :

— Si Gilles devient un garçon sérieux, c'est que tu auras fait un miracle ! Et vous mériterez bien d'être heureux !

Là-dessus, elle se jeta à mon cou, je la sentis vraiment sans arrière-pensées, et je sus que je pouvais sans inquiétude ni remords vivre avec Gilles un grand amour... celui qu'aujourd'hui nous vivons, dans une tendre et mutuelle confiance, une fidélité absolue et un merveilleux bonheur.

FIN

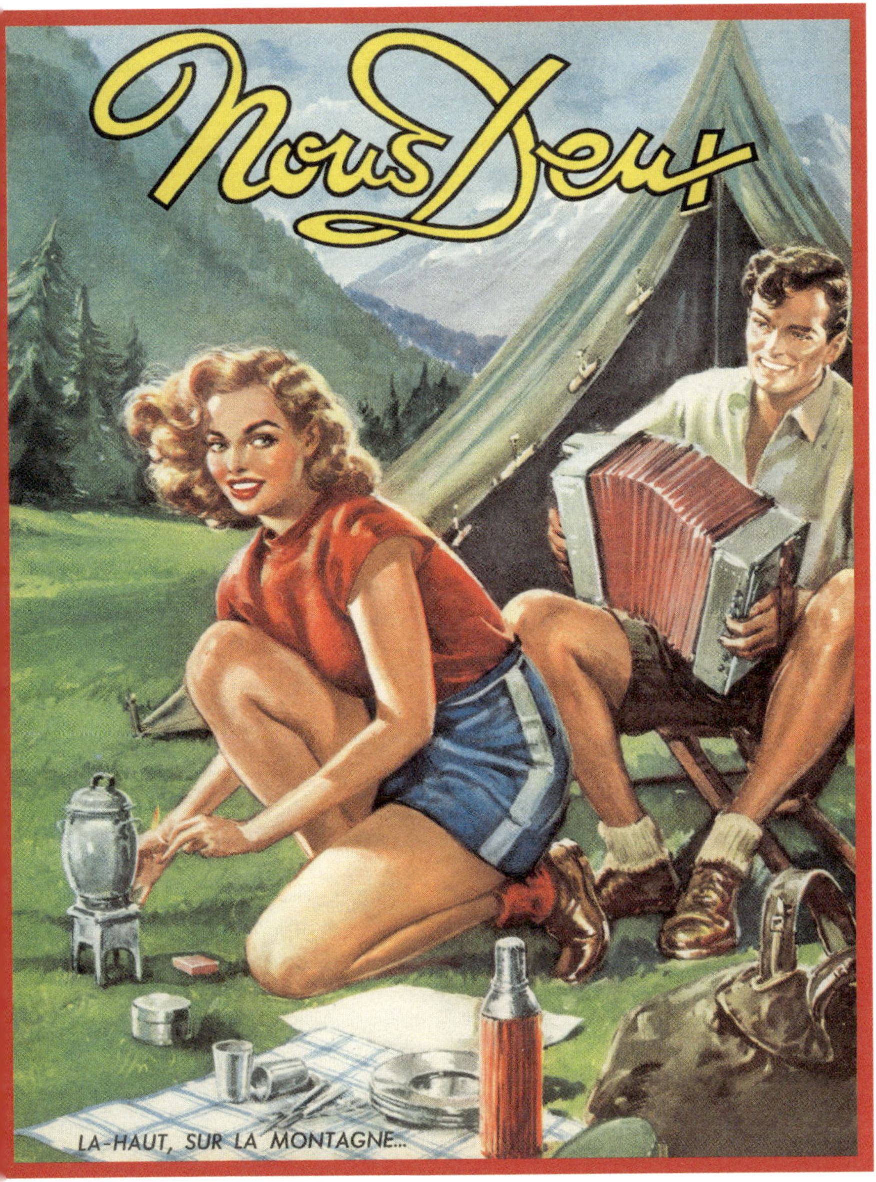
Nous Deux
LA-HAUT, SUR LA MONTAGNE...

La cascade enchantée

Publié dans
Nous Deux *n° 1794, 18 novembre 1981*

L'histoire

Un clair de lune, une cascade, il n'est pas nécessaire de partir loin pour trouver l'ambiance propice à la rêverie amoureuse.

Après dix jours de pluie et de mauvais temps, le soleil venait enfin de faire son apparition. Pour mes vacances j'avais décidé de rester à Rodez. A quoi bon partir en voyage lorsqu'on a la chance d'habiter dans une région aussi belle ?

Ce soir-là, le nez collé à ma fenêtre, alors que la nuit s'installait, je ressentais une étrange impression de vide. Pourquoi étais-je à ce point désœuvrée, moi la fille la plus gaie, la plus dynamique de la ville (c'est, du moins, ce que prétendaient mes collègues et amis). Pourtant... Jean-Louis allait certainement me téléphoner pour m'inviter à sortir avec lui. Beaucoup de nos amis étaient partis, mais lui était resté, et nombre d'estivants donnaient de petites fêtes dans les maisons de la région, ou sur le terrain de camping. Il me suffisait de dire « oui », et toutes mes soirées se dérouleraient dans la gaieté.

Mais je n'attendis pas le coup de téléphone de Jean-Louis ; je descendis de ma chambre et sortis de la maison. Où allais-je ? Que cherchais-je ? Je n'en savais rien. Je ne comprenais qu'une chose : je me sentais seule et il n'y avait pas un seul homme dans cette ville auprès duquel j'aurais désirer me trouver. Et pourtant, je voulais aimer, je le souhaitais même de toute mon âme...

Je traversai lentement le jardin, puis m'engageai sur le chemin qui grimpait le long de la colline. J'avançai sans but, sous la brise légère qui faisait bruisser les feuilles des hauts chênes. Le chemin était escarpé et parsemé de grosses pierres. Je marchai ainsi un bon moment, puis j'entendis soudain le bruit d'une chute d'eau. Il s'agissait certainement de la source de Salles. Jamais en plein jour je n'avais entendu si distinctement le son cristallin de l'eau pur tombant sur la roche noire des causses de Comtal. Je voulus continuer ma route vers le sommet de la colline, mais lorsque le bruit de la cascade décrut, je ressentis comme un vide et je revins aussitôt sur mes pas. Puis je bifurquai sur la droite et m'approchai de la source. A mesure que le bruit s'intensifiait, mon cœur s'emplissait d'une émotion profonde. On eût dit que l'eau m'appelait, m'attirait vers elle... qu'elle me parlait.

Enfin, j'atteignis la cascade. Elle était haute d'une dizaine de mètres. Je n'avais jamais vu la source par une nuit de pleine lune, et l'atmosphère qui régnait dans ce lieu était totalement différente de celle que j'avais cru ressentir en plein jour. Je m'assis sur le muret et contemplai l'eau pure, constamment agitée par les millions de gouttelettes qui s'écoulaient sur la roche. La lune se reflétait sur les eaux sombres, et l'on eût dit que des milliers d'étoiles cherchaient à jaillir hors de la source. Perdue dans ma contemplation, j'entendis à peine les paroles que l'on prononça dans mon dos.

— Ce sont des morceaux de lune qui sont tombés dans cette source.

— Oui, répondis-je, comme dans un rêve. Ce sont des paillettes de lune...

Puis, prenant conscience que j'avais parlé, je me retournai lentement, ne sachant s'il s'agissait d'un songe ou si mon interlocuteur était réel. Je cillai, puis écarquillai les yeux en apercevant une silhouette, entre les arbres, à quelques mètres de moi. Il s'agissait d'un homme, grand, solidement bâti, vêtu d'une veste de sport. Son visage était dans l'ombre et je ne pus le voir, pourtant je fus certaine de ne l'avoir jamais rencontré auparavant.

— Si l'on pouvait attraper l'une de ces étoiles qui miroitent au fond du bassin, peut-être nous mènerait-elle sur la lune, reprit-il en gardant les yeux fixés sur la source.

— Une légende parle d'un homme qui a essayé, répondis-je. Mais c'est un leurre, il a plongé, et on ne l'a plus jamais revu.

— C'est une triste histoire. Mais sans doute a-t-il choisi un mauvais jour. Si nous essayions aujourd'hui, peut-être y parviendrions-nous ? Tout peut arriver pendant la pleine lune, paraît-il.

— Vous voulez parler du sabbat des sorcières et de toutes ces chimères ?

— Non, mais certains prétendent que cette source est hantée par les fées. Et si nous y croyons de toutes nos forces, peut-être nous donneront-elles le pouvoir de filer vers la lune en chevauchant l'une de ces étoiles.

Je me tournai de nouveau vers lui pour l'observer, mais il ne me regardait pas et fixait toujours le bassin. Nous conversions comme si nous nous connaissions depuis toujours. Et pourtant, il ne faisait pas un pas pour s'approcher de moi.

— Je... je ne crois pas vous connaître, dis-je doucement.

— Cette nuit, répondit-il, nous n'avons pas besoin de présentations. Nous avons, tous les deux, été attirés par le bruit de la chute d'eau, cela signifie que nous sommes très proches l'un de l'autre. Nous avons répondu au même appel. N'êtes-vous pas venue à cause du bruit de la cascade ?

— En effet..., dus-je reconnaître.

— Eh bien, voyez-vous, j'ai fait de même. Cela devait être. Ce sont des choses qui arrivent lors de la pleine lune. Vous sortez dans la nuit, et c'est la nuit qui vous conduit. Vous êtes contraint d'obéir à son appel.

Les yeux fixés sur la silhouette qui se découpait au clair de lune, je buvais les paroles de l'inconnu... Mais que se passait-il ? Je l'écoutais, il racontait des choses folles, et les phrases qu'il prononçait étaient comme une musique. Il me semblait que la nuit nous entourait, comme pour préserver une sorte d'intimité. C'était une nuit tellement différente des autres ! Je n'avais jamais éprouvé cette sensation, auparavant. Les battements de mon cœur s'accélérèrent et je sentis une étrange excitation m'envahir.

Lorsque je me levai, l'inconnu s'approcha de moi et nous nous engageâmes ensemble sur le chemin qui menait au sommet de la colline. Il me prit la main et je trouvai ce geste absolument naturel. Je pris une profonde inspiration.

— Qui êtes-vous ? demandai-je à voix basse.

— L'homme que vous deviez rencontrer cette nuit, répondit-il simplement.

Il marqua une courte pause et reprit aussitôt :

— Ne me dites pas votre nom, il appartient au reste de votre vie. Cette nuit n'appartient qu'à nous deux.

Je ne saurais dire combien de temps nous marchâmes côte à côte. J'avais l'impression que de nouvelles voies s'ouvraient sous nos pas, que des paysages enchanteurs défilaient sous nos yeux.

— Arrêtons-nous un instant, dis-je lorsque nous arrivâmes dans une clairière.

Il était plus âgé que je ne l'avais cru. Ses yeux étaient sombres, son regard intense. J'avais l'impression de le connaître depuis toujours. Il s'était passé quelque chose près de la source, quelque chose d'étrange et de différent. Je ne m'étais jamais sentie aussi proche de quelqu'un.

Est-ce moi qui me rapprochai de lui ? Est-ce lui qui me prit dans ses bras... ? L'instant suivant, j'étais blottie contre sa poitrine. Il m'embrassa tendrement et je compris que je n'avais jamais reçu de vrai baiser auparavant. Les milliers d'étoiles, qui miroitaient au fond du bassin, brillèrent devant mes yeux. Puis il se recula un peu et me caressa les cheveux en murmurant :

— Ma fée... ma douce fée...

Nous restâmes un instant immobiles et silencieux. Puis, soudain, il me repoussa doucement mais fermement, et soupira.

— Pourquoi... pourquoi ? murmurai-je.

— Je vous ai trouvée cette nuit, dit-il. Je vous connaissais depuis l'éternité, mais...

— Mais ?

— Je n'ai pas le droit.

— Le droit ?

Il se baissa, me prit la main et déposa un baiser sur ma paume. Puis, doucement, il referma mes doigts sur son baiser. Il se leva alors, puis recula de deux pas.

— Je vous ai dit tout à l'heure que cette nuit était différente, dit-il d'une voix sourde. Lorsque nous nous reverrons, tout sera redevenu normal... C'est ainsi, nous n'y pouvons rien.

— Mais comment me retrouverez-vous ? demandai-je.

— Vous habitez Rodez, n'est-ce pas ? Je vous retrouverai facilement. Et si je n'y parviens pas, je reviendrai ici.

— Je... je ne comprends pas, dis-je.

— Demain, peut-être, verrez-vous les choses différemment ?

— Non, m'écriai-je. Je ne veux pas que cela soit différent. Venez me rejoindre ici... Revenez !

— Je ne... je ne peux pas, répondit-il doucement. Et pourtant, je le désire tant !

II sc tut et resta un instant immobile, face à moi. Je crus qu'il allait de nouveau me prendre dans ses bras, et je tendis les mains.

— Je n'ai pas le droit, répéta-t-il avec tristesse. Au revoir, douce fée, au revoir... Bonne nuit.

— Attendez ! criai-je.

Il fit un dernier geste en signe d'adieu, puis il disparut dans la nuit. L'espace d'un instant, je crus que sa silhouette se découpait encore au clair de lune. Tout me le rappelait, le bruit des eaux, les étoiles qui scintillaient, les paillettes de lune. Je fermai les yeux pour le conserver encore un moment près de moi, pour ne pas oublier.

Au bout d'un long moment, je rentrai chez moi. Mais ce n'était plus la même femme qui passait le seuil de la maison. Mes lèvres brûlaient encore de son baiser. Ma paume frémissait, comme s'il la tenait encore au creux de sa main. Mon esprit était totalement envahi par son image. Je savais, à présent, qu'aucun autre homme ne compterait pour moi. Bien sûr, l'ambiance de cette nuit était étrange, mais j'avais acquis une certitude: j'étais amoureuse, follement, profondément, merveilleusement... Et pour toujours.

Le lendemain matin, lorsque je descendis prendre le petit déjeuner avec ma mère, elle me regarda avec un air étrange. Comme si elle éprouvait des difficultés à reconnaître sa fille. Je compris la raison de sa curiosité, mais je ne pus rien lui dire. C'était trop tôt, trop présent et trop secret. Les faits de la nuit précédente n'appartenaient qu'à l'inconnu que j'aimais, et à moi-même.

— Mettras-tu ta robe bleue? demanda ma mère lorsque nous eûmes bu notre café.

— La robe bleue? répétai-je stupidement, perdue dans mes pensées.

— Bien sûr, reprit ma mère, pour aller à la réception de Lucille, cet après-midi... Tu es dans les nuages, Sylvie!

— Oh! pardonne-moi! répondis-je. Oui, la robe bleue sera très bien.

Ma cousine Lucille et moi n'avions que peu de chose en commun, car elle avait huit ans de plus que moi et des préoccupations bien différentes des miennes. Mais elle nous avait demandé de venir à sa fête et je ne pouvais pas me dérober, bien que j'eusse préféré rester à la maison, pour rêver à la nuit de pleine lune, près de la source de Salles.

— J'espère que, cette fois, le mariage se fera, reprit ma mère. Sinon, Lucille ne s'en remettra pas.

— Oui, maman, répondis-je négligemment, sans trop prêter attention à ses paroles.

Lorsque nous arrivâmes chez Lucille, je fus surprise d'y voir tant de monde. Il s'agissait d'une véritable réception. Toute la famille était présente, ainsi que les amis les plus proches.

— Bonjour, la petite ! s'écria Lucille en m'apercevant.

Elle ne pouvait s'empêcher de continuer à me traiter comme une enfant. Je lui répondis en souriant. Puis Jean-Louis traversa la pièce pour venir me rejoindre.

— Bonjour, dit-il. Où étais-tu, hier soir ? Je t'ai cherchée pendant des heures.

Je le regardai droit dans les yeux, et j'y lus un reproche. Jean-Louis avait 24 ans ; il était très séduisant, et tout à fait charmant. Mais il était à mille lieues de mes préoccupations. Jamais il ne pourrait compter vraiment pour moi.

— Je suis allée me promener, répondis-je simplement.

Et je dus me faire violence pour ne pas ajouter : « ...et j'ai rencontré l'amour ! »

— J'ai téléphoné trois fois, reprit Jean-Louis. Seras-tu libre ce soir ?

Je faillis répondre « non » immédiatement, mais je me retins. Que m'arrivait-il ? Des échos de la nuit précédente me revenaient-ils en mémoire ?

— Alors, Sylvie, qu'en dis-tu ? insista Jean-Louis.

— Eh bien...

Je m'interrompis de nouveau et tendis l'oreille. Parmi toutes les voix, je crus reconnaître une voix que je n'avais pas oubliée.

— Alors, Sylvie, dit ma mère qui venait de me rejoindre, que penses-tu de lui ?

Je me tournai vers elle, surprise, puis regardai dans la direction qu'elle m'indiquait. Je crus que mon cœur allait cesser de battre. Le temps fut comme suspendu. Il était là ! L'homme dont je rêvais ! L'homme qui m'était apparu sous la lueur de la lune ! Il était là, près de Lucille, et elle le regardait... avec fierté.

— Non, murmurai-je d'une voix rauque.

Et ma mère sursauta, surprise par ma réaction.

— Non ! repris-je. Ce ne peut être l'homme dont Lucille nous a parlé. N'est-ce pas, maman ?

— Mais si, bien sûr, ma chérie, répondit ma mère. C'est le garçon que Lucille doit épouser.

L'espace d'un instant, je crus que j'allais m'évanouir. Tout tourna autour de moi, ma vue se brouilla, et ce fut le trou noir. Je me ressaisis rapidement, mais il me restait la peine, la douleur, comme une aiguille plantée dans le cœur.

Ainsi, telle était la raison qui l'avait poussé à avouer qu'il n'avait pas le droit de me tenir dans ses bras. Il avait donné sa parole à Lucille !

— J'ai été surprise, dis-je à ma mère pour justifier ma réaction. Je croyais... je le croyais plus âgé.

— Il a 30 ans, dit ma mère.

— Je me permets de vous signaler que je suis toujours là ! intervint Jean-Louis. Lorsque tu auras fini de détailler cet homme, peut-être accepteras-tu de me répondre ?

— Ah ! oui, un rendez-vous...

Je m'interrompis et éclatai de rire, nerveusement. Puis je vis Lucille s'approcher de moi... avec lui !

Il ne me fit aucun signe de reconnaissance, mais je crus déceler une lueur, dans son regard l'espace d'une seconde.

— Sylvie, dit Lucille, je te présente Paul Carlin. Paul, voici ma petite cousine Sylvie.

Sa *petite* cousine ! Je me retins pour ne pas me jeter sur elle. Quelle honte de m'appeler ainsi ! Devant lui ! Mais, en fait, elle avait raison de se comporter de cette façon. N'étaient-ils pas fiancés ?

Pourtant, alors qu'il me regardait, ma feinte assurance s'envola, et je me sentis de plus en plus troublée.

— Enchantée, Sylvie, dit Paul comme s'il ne m'avait jamais rencontrée auparavant.

— Bonjour, murmurai-je.

Puis je m'empressai de lui présenter Jean-Louis.

Il tendit la main à Paul et dit, l'air joyeux :

— Enchanté de vous connaître, monsieur Carlin.

Ces présentations faites, Lucille et Paul s'éloignèrent et, de toute la soirée, je ne quittai pas Jean-Louis, pour éviter de me trouver seule en face du futur mari de Lucille.

Mais je ne pus éviter d'entendre résonner dans l'appartement la voix de Paul. Paul ! Comment avait-il pu me faire cela ? Comment avait-il pu se permettre de me murmurer des mots si doux, de m'embrasser, alors qu'il était fiancé avec Lucille ?

Peu à peu, je sentais la colère m'envahir, et je trouvai bientôt la force de regarder dans sa direction. Je ne m'étais pas trompée, il n'était vraiment pas séduisant... Vraiment pas ! Mais, à cet instant, il s'inclina en avant, et je me rappelai le moment où il s'était penché pour m'embrasser, près de la source. Alors, mon cœur chavira. Je l'aimais ! Je l'aimais toujours ! Eperdument !

A cet instant, je compris que je ne pouvais rester une minute de plus dans cette maison. Je pris Jean-Louis par le bras et l'entraînai vers la sortie. Bien que surpris, il ne protesta pas et me suivit.

Tout en marchant, je lui déclarai que nous ne devions plus nous revoir parce que j'aimais un autre homme qui, hélas, ne partageait pas mes sentiments. Je crois qu'il ne comprit pas très bien mes explications, mais il s'aperçut de mon trouble et eut la délicatesse de ne pas insister. Après m'avoir embrassée sur la joue, il me quitta en poussant un profond soupir.

Restée seule, je tentai de chasser Paul de mes pensées, mais je n'y parvins pas. Son image m'obsédait. Comment pouvais-je encore être amoureuse de lui après ce que je venais de découvrir ? Lorsque je rentrai chez moi, la nuit était tombée, et je montai dans ma chambre sans donner la moindre explication à ma mère. Je me couchai, mais ne parvins pas à trouver le sommeil.

Le lendemain matin, lorsque je me levai, j'avais pris la ferme résolution de ne plus revoir Paul. Il était hors de question que je me rende au mariage de ma cousine. Je trouverais une excuse.

Après avoir pris mon petit déjeuner, je décidai de me promener dans Rodez. Le soleil brillait, j'irais acheter le journal et boire un café en face de la cathédrale. Cela me ferait le plus grand bien.

Mais, à l'instant où je sortais de chez le marchand de journaux, le sort voulut que je me trouve face à face avec Paul. Je faillis lâcher mon journal. Il m'avait vue et je ne pouvais l'éviter.

— Bonjour, Sylvie, dit-il simplement, comme il l'avait fait lors de la réception.

Je voulus répondre avec autant de désinvolture, mais ma gorge se serra, j'eus le souffle court et ne pus m'empêcher de rougir.

— Bonjour... Paul, bredouillai-je. Tout le monde a été ravi de faire votre connaissance. Lucille... nous avait beaucoup parlé de vous.

Il ne parut pas entendre.

— Vous êtes la même en plein jour, savez-vous ? dit-il.

Comment osait-il faire référence à cette nuit de pleine lune ? Quelle manque de délicatesse ! Je rassemblai mes forces pour essayer de lui faire croire que cette nuit n'avait pas d'importance pour moi.

— La source était belle, au clair de lune, n'est-ce pas ?

Je marquai une pause avant d'ajouter :

— Cela m'a beaucoup intéressée de voir comment vous vous comportiez dans de telles circonstances... Vous êtes-vous amusé ?

Son visage n'exprima aucune contrariété, et il ne me répondit pas. Il resta immobile pendant un instant, puis il s'écarta pour me laisser passer. Nous échangeâmes un bref salut, et je m'éloignai Je continuai mon chemin en essayant de retrouver mon calme et, inconsciemment, mes pas me menèrent vers la maison de Lucille. Il me fallait une confirmation, une dernière certitude pour trouver l'oubli. Et seule Lucille pouvait me la donner.

C'est dans sa cuisine que je trouvai ma cousine, en train de préparer un gâteau. Après avoir échangé quelques mots, je m'assis et demandai abruptement :

— Quand épouseras-tu Paul, Lucille ?

Surprise, elle suspendit son geste et me regarda.

— Toi aussi ? s'écria-t-elle. Tout le monde me pose cette question. La famille est bien pressée !

— Eh bien... tout le monde sait que tu es fiancée.

Elle fronça les sourcils.

— Ecoute-moi, Sylvie, tu sais comme il est facile de parler de mariage, n'est-ce pas ? Bien sûr, Paul et moi l'avons envisagé, mais nous ne sommes plus des enfants, et nous avons voulu nous revoir ici pour être certains de nos sentiments...

Comme elle s'interrompait, je l'invitai à poursuivre.

— Et alors ?

— Eh bien, je ne suis pas amoureuse de Paul, dit-elle simplement. Je m'en suis rendu compte dès que nous nous sommes retrouvés... Nous avons simplement voulu nous amuser lors de la réception. Tu comprends ?

— Oui... oui, je comprends..., murmurai-je, bouleversée.

Je m'empressai de dire au revoir à ma cousine et sortis dans la rue. Ainsi, elle ne voulait plus l'épouser, et la famille avait monté toute cette fable. Mais lui ? S'il était venu la rejoindre, c'est qu'il l'aimait. Et, dans ce cas, je n'avais aucune importance pour lui. J'étais perdue, désemparée et blessée. Je n'aurais jamais cru qu'il fût si douloureux d'être amoureuse. Depuis cette nuit, je ne pensais plus qu'à lui, je ne faisais plus rien, je ne mangeais plus, je ne dormais plus. Et il n'avait fallu qu'un instant, un court instant, près d'une source au clair de lune, pour que ma vie fût bouleversée.

Ce soir-là, après le dîner, je sortis et me promenai dans le jardin. Je ne parvenais toujours pas à chasser de mon esprit le souvenir de Paul, assis sur le muret, près de la source. Et, petit à petit, mes pas me conduisirent sur le chemin qui menait à la colline. Je marchais de plus en plus vite, sachant parfaitement où j'allais. Je retournais à la cascade, retrouver ce lieu enchanté, pour calmer un peu ma peine.

Cette fois, il n'y avait pas de pleine lune. Mais bientôt, le bruit de la cascade se fit entendre, et je répondis à son appel.

Lorsque je l'atteignis, je m'aperçus que tout avait changé. La lune ne se reflétait plus dans le bassin, et l'ombre des arbres ne s'étirait plus sur la pelouse. Seul, mon amour était fidèle au rendez-vous. Je m'assis sur le muret et regardai les flots sombres.

A cet instant, une main se posa sur mon épaule, et je restai comme pétrifiée. N'était-ce pas un rêve ?

— Sylvie, dit-il, pourquoi êtes-vous venue ?

— Parce que je n'ai pas pu m'en empêcher, murmurai-je.

Malgré le bruit de la chute d'eau, il put comprendre mes paroles. Alors, il me prit par les épaules et m'obligea à me redresser. Puis il me serra dans ses bras, comme s'il craignait que je ne lui échappe. Et moi, dans un élan spontané, je me blottis contre sa poitrine.

— Je vous aime, murmura-t-il, je vous aime, je vous aime...

— Ne me trompez pas de nouveau, Paul, dis-je dans un soupir. Ne vous moquez plus de moi !

— Me moquer de vous ? dit-il en se raidissant. Vous tromper ? Vous êtes injuste, Sylvie.

— Je ne comprends rien. Lucille m'a dit que vous n'étiez pas fiancés. Qu'est-ce que cela signifie ?

— Lucille ? Pourquoi me parlez-vous de Lucille ? Depuis la seconde où je vous ai rencontrée, elle a cessé d'exister pour moi.

— Alors, pourquoi prétendiez-vous ne pas avoir le droit ?

Il s'écarta un peu de moi avant de répondre :

— Je suis trop vieux pour vous, Sylvie. Je ne suis pas l'homme qu'il vous faut. Je l'ai compris lorsque je vous ai vu avec ce jeune homme, Jean-Louis. Je n'aurais pas dû vous parler, l'autre nuit. J'aurais dû rester dans l'ombre, à vous observer en silence. Mais, au contraire, j'ai utilisé toutes les vieilles armes de la séduction pour vous charmer...

— Mais que dites-vous, Paul ? Vous avez utilisé ce que vous connaissiez de l'enchantement pour me faire savourer totalement cette nuit magique. Quel mal y a-t-il à cela ?

Il poussa un soupir.

— Mais je ne voulais pas vous charmer, Sylvie. Je voulais que vous m'aimiez vraiment. Suffisamment pour que vous acceptiez de m'épouser. Je n'avais jamais rien éprouvé de semblable auparavant... Les fées, sans doute... Dès l'instant où je vous ai vue, j'ai su que vous étiez celle que je cherchais depuis toujours... Mais je n'avais pas le droit. Vous devez épouser un garçon de votre âge... comme Jean-Louis. Je n'ai rien pour vous rendre heureuse, Sylvie... rien.

Il y eut un silence que je rompis finalement.

— Jean-Louis n'a pas d'importance, Paul... Mais, dites-moi, aviez-vous vraiment l'intention de partir sans essayer de me revoir ?

— Non... C'était impossible... je ne pouvais pas.

Il m'observa un instant, puis il me serra dans ses bras et me donna un long baiser. Lorsqu'il se recula, mon cœur battait très fort.

Nous pouvons rejoindre le monde, Paul, dis-je à voix basse. Nous pouvons nous voir au grand jour, à présent. Mais, ici, dans ce lieu enchanteur, savez-vous, Paul, quels sont mes sentiments pour vous ?

— Dites-le, Sylvie.

— Je vous aime, Paul. Profondément et pour toujours... Je veux être votre femme.

Il me serra de nouveau dans ses bras. Nous n'avions plus besoin de la pleine lune ; nous avions trouvé, en nous-mêmes, notre propre enchantement.

FIN

Nous Deux
L'Hebdomadaire
qui porte Bonheur
" LA BARQUE DU RÊVE..."

Sur la route des vacances

Un texte de Chloé Morane

publié dans

Nous Deux *n° 2736, 7 décembre 1999*

L'histoire

Une femme seule en direction des Saintes-Maries-de-la-Mer. Les bouchons sur l'autoroute, une aire de repos et un bel inconnu. Alors tout peut arriver...

Ses lunettes de soleil en guise de serre-tête, Sophie se met au volant, branche la radio et démarre. Pas de doute, elle est déjà en vacances. Seule, puisque, deux mois plus tôt, son petit ami s'en est allé compter fleurette ailleurs. Un chagrin comme un pansement en travers du cœur, elle se promet de s'offrir du bon temps. Les hommes séduisants ne manquent pas vers la Grande Bleue.

Sophie est bien décidée à oublier l'infidèle, à s'offrir une pause câlin dans des bras musclés et bronzés. Quand le soleil brille, tous les hommes sont beaux. Enfin, presque. Et surtout Roland.

Sophie l'a connu un certain mois d'août du côté de la Seine, comme elle, il ne pouvait pas partir. Carrière oblige. Tous les deux, en bordure de fleuve, sous les ponts pris d'assaut par les Japonais, avaient échangé des serments.

Une fois la rentrée venue, ils s'installaient dans le même studio, s'étonnant qu'une amourette d'été puisse se poursuivre sous les averses de septembre.

A quoi bon rabâcher ? L'histoire est terminée. Sophie quitte le périphérique, s'engage sur l'autoroute. Et dire qu'en ce moment son ex est déjà sur les plages, sa nouvelle conquête coincée sous son bras. Il a osé choisir une nymphette de dix ans sa cadette, une apprentie mannequin. Sophie la hait. Des nuits entières, elle a rêvé que le joli minois de la rivale était victime d'allergie et sortait tout boursouflé, cloqué après une séance de maquillage. Piètre vengeance jamais réalisée, la demoiselle ingénue, depuis peu, faisant la une des magazines en vogue, offrant son corps parfait pour les besoins d'une huile solaire. Sophie, elle, ne bronze pas, rougit lamentablement et souffre le martyre. La vie est injuste.

Elle appuie sur l'accélérateur, double une familiale surchargée. Voilà enfin l'entrée magique de l'autoroute gardée par le péage. Le distributeur automatique crache son ticket. Il fait beau, chaud. Bref, tout va bien.

Sophie pianote sur le volant au rythme d'une chanson d'été acidulée. Pas un nuage, pas un brin d'air et la file de voitures à l'infini, roulant au pas, pare-chocs contre pare-chocs. Les enseignes clignotantes annoncent trois kilomètres de bouchon. A croire que Paris refuse de laisser partir ses habitants. Pris en otages, les automobilistes commencent à perdre patience. Sophie, elle, fredonne, un bras à la portière, s'interdisant de trouver cette attente exaspérante. Si Roland était là, il accumulerait les jurons. Il n'est pas là et c'est mieux ainsi. Enfin, le véhicule devant elle essaie un démarrage. Ça roule. Le ciel est pâle. Il n'est que 6 heures. Un camion joue les intrus.

— Je travaille, moi, crie le chauffeur excédé devant la colonne des autos surchargées, bondée de gens pressés de patauger dans l'eau.

On repart. On s'arrête. Et, enfin, on file. Plus vite, toujours droit devant. Le nez cherchant à humer l'air salin. Dieu que la mer est loin... Sophie double une voiture pleine de gamins excités tirant la langue et s'essayant à d'affreuses grimaces. La radio déverse son flot de musique. Jamais elle n'aurait dû partir aujourd'hui. Il aurait suffi d'attendre une seule petite journée et l'autoroute aurait été aussi vide que le Sahara une fois le Paris-Dakar passé. Mais non, il fallait qu'elle parte, qu'elle emprunte cette route suivie deux semaines plus tôt par Roland.

Son ex a décidé de passer des vacances aux Saintes-Maries-de-la-Mer. Alors, elle aussi. Histoire de se charcuter un peu plus le cœur Parce que, bien sûr, elle espère tomber sur lui. « Bonjour, quelle surprise! Je croyais que tu n'aimais pas la mer. » Lui, non. Mais l'autre, la sirène à peine sortie de l'enfance, adore barboter, s'offrir à la caresse des regards.

Tiens, déjà un péage. Des policiers surveillent le flot de véhicules. Sophie repart. Deux cents, trois cents kilomètres. La matinée s'étire. Le soleil cuit l'habitacle. Pause pipi, l'aire est bondée. Les toilettes prises d'assaut. Sophie se tient à l'écart des couples, des familles, des tribus d'amis. Partir seul en vacances, ici, semble une tare. Une dame s'approche, un gamin mal réveillé dans ses jupes. Elle demande :

— Et vos enfants, comment se comportent-ils en voiture ?

Elle n'en a pas mais n'ose rien avouer. Vite, un petit coin est libre. C'est l'assaut, la bousculade. On se croirait un jour de solde dans un grand magasin. Sophie, comme tout le monde, joue des coudes. L'instinct reprend le dessus. Un petit tour du côté des lavabos pas très nets et retour vers la voiture.

Lyon. L'autoroute ressemble à une fourmilière. Sophie ne sent plus son dos. Au péage, des manifestants distribuent des tracts. « *Non au nucléaire.* » L'un d'eux se penche vers la fenêtre de Sophie.

— Accepteriez-vous de signer notre pétition ?

Elle tourne la tête, reçoit en plein visage l'éclat sombre de son regard. Elle se gare sur le côté. Il lui tend sa feuille.

— Vous partez en vacances ? Personnellement, je préfère le mois de septembre.

Il reprend le papier et s'éloigne. Elle aussi. Toujours autant de voitures. Pas question de louper l'embranchement pour Valence. Un bolide rouge la double. A cause de lui, elle a failli louper la route. Sauvée, cette fois, c'est la bonne voie. Elle appuie sur l'accélérateur. Pas longtemps. Un nouveau bouchon. Bien fait pour le chauffard à la voiture rouge, coincé à sa hauteur entre un semi-remorque et un camping-car allemand. Le monsieur pressé fulmine. Sophie pouffe de rire. Il le remarque et sourit. Par la vitre baissée, il lance :

— Vous connaissez *Le Lièvre et la Tortue* ?

— Evidemment.

Le moteur du coupé ronfle désespérément.

— Je suis le lièvre et je n'arriverai pas à temps.

A temps, pour quoi ? Farniente sur la plage, amourette sur fond de soleil couchant...

— Vous êtes attendu ? demande Sophie.

— Oui, répond-il de plus en plus agacé.

Heureux homme filant à toute allure vers l'amour, ou quelque chose lui ressemblant. Elle, personne ne l'attend, et surtout pas Roland trop occupé à dorloter sa belle. Surtout pas ce traître qui a osé lui dire : « *Navré, ma bichette, je ne m'attendais pas à ce qui m'arrive.* » Alors qu'elle, confiante, naïve, était prête à conjuguer amour et toujours, à rêver de ribambelles de gamins et d'une grande maison achetée à crédit sur vingt ans.

— Je n'ai que dix jours de vacances, lance le conducteur pressé. Et à ce rythme-là, il ne m'en restera que six sur la plage. Et vous ?

Elle, un mois complet. La file des voitures repart. Plus question de bavarder. La décapotable rouge se faufile, gagne du terrain, double dangereusement et bientôt n'est plus qu'une étoile filante à l'horizon. Sophie ne s'excite pas. Son véhicule d'ailleurs ne l'accepterait pas. Valence, enfin. Plus très loin Montélimar, et une autre pause. La faim vrille son estomac. Elle actionne le clignotant, déniche tant bien que mal une place. Ses jambes sont douloureuses. Sa nuque aussi. La cafétéria est pleine comme un œuf. Les serveuses n'ont pas le sourire. Sophie s'empare d'un plateau, suit le troupeau. Mais, soudain, un énergumène la bouscule, chavire son précieux chargement de café-croissant. Le monsieur à la voiture rouge.

— Pardon, fait-il. Vous ?

— Pas de chance, se moque-t-elle, la tortue finit toujours par rattraper le lièvre.

— Permettez-moi de vous offrir un café.

C'est la moindre des choses, puisque le sien est à présent étalé sur le carrelage.

— Je m'appelle Edouard.

— Sophie.

Ils s'installent contre la baie vitrée grillée par le soleil.

— J'habite Versailles.

Elle, Paris. Un studio, une vie sans histoire, secrétaire de direction. Il est ingénieur en électronique.

— Je suppose que vous allez rejoindre des amis.

— Vous supposez mal. Je pars seule. Et vous ?

Il hésite et finalement :

— Ma petite amie m'attend à Cassis.

Normal. L'été est propice aux belles histoires. Tout le monde a besoin d'engranger des souvenirs pour les jours gris de l'hiver. Elle relève fièrement le menton.

— J'espère rencontrer l'âme sœur sur le sable.

— Vous n'aurez aucun mal.

Un coup d'œil à sa montre. A cause d'elle, il a grignoté sur son emploi du temps. Il se lève.

— Excuse-moi, mais je suis pressé.

Peu importe, qu'il disparaisse vite avec sa vie toute tracée, son bonheur ! Sophie le remercie d'un signe de tête. Elle pense à Roland. Bizarrement, ce qui lui manque le plus de lui ce sont ses mains, dessinées pour servir aux caresses. Longues, fines, expertes dans l'art d'émouvoir. Des mains qui, aujourd'hui, s'égarent sur un corps bien plus parfait que le sien. Pas de nostalgie. Elle se dresse, retrouve sa voiture et, là, surprise, le bolide rouge est toujours au parking. Coincé dans une cabine téléphonique. Edouard s'agite, l'écouteur contre l'oreille. Pas question de s'intéresser à ses élucubrations. Elle grimpe dans son véhicule, met le contact, et voilà que le monsieur se précipite au devant de sa voiture.

— Ne partez pas.

Elle stoppe, passe sa tête par la portière.

— Que vous arrive-t-il ?

— Une fuite d'huile. De toute évidence, un joint de culasse. Quand je pense que ma voiture est sortie hier de chez le garagiste...

— Navrée, que puis-je pour vous ?

Il ne sait pas, il avait simplement besoin de partager son désarroi.

— Avez-vous appelé une dépanneuse ?

— Ils sont débordés. Je suis coincé là. Vous imaginez !

Oui, enfin un peu. Il gesticule, refusant de la laisser passer. Derrière elle, une grosse Mercedes klaxonne. En désespoir de cause, elle retourne sur le parking. Il la suit. Il a perdu son insolence de conducteur de voiture rapide.

— Avez-vous appelé votre amie ? demande Sophie, histoire de dire quelque chose.

Et là, éclairs dans les yeux bleus.

— Non, je voulais lui faire une surprise.

Sophie, immédiatement, songe qu'il veut la surprendre en flagrant délit d'amour d'été. Comme elle, voilà trois mois, elle a surpris son ex dans les bras de la trop jolie rouquine. Elle se sent soudain solidaire de ce monsieur, elle ouvre la portière et descend.

— Ecoutez, si vous voulez, je peux vous accompagner à Cassis.

Il la dévisage comme si elle venait de lui annoncer que la terre allait cesser de tourner dans la seconde.

— Vous plaisantez.

Elle se méprend sur sa remarque.

— D'accord, ma voiture ne vaut pas la vôtre, mais elle au moins n'a pas de fuite.

— Je ne pensais pas à cela, mais je ne voudrais pas vous imposer un détour.

Les Saintes-Maries, c'est encore et toujours Roland. C'est débarquer là-bas comme un cheveu sur la soupe et supporter la comparaison avec l'autre. L'idée était mauvaise dès le départ. Le destin a mis ce monsieur sur sa route. Il se rapproche d'elle, pose une main amicale sur son épaule.

— Je ne suis pas sûr que j'aurais pu avoir la même réaction que vous.

Bien sûr que non, il n'y a qu'elle pour jouer le saint-bernard de l'autoroute. Elle a toujours été trop bonne. Même et surtout avec Roland. Chez elle, c'est incurable. D'ailleurs, elle commence à regretter sa proposition. Après tout, qui lui prouve que tout cela n'est pas une mise en scène ? Que ce monsieur d'aspect correct et plutôt charmant n'est pas un dangereux psychopathe ? Il continue à la regarder. Peut-être la trouve-t-il jolie et songe-t-il qu'une brève aventure commencée sur l'aire de Montélimar l'aiderait à passer le temps.

— D'accord, mais à condition de régler les frais d'essence et de péage. Je vous demande un dernier service : attendons la dépanneuse. Je ne me sens pas le cœur d'abandonner ma voiture ici.

Normal. Roland aussi vénérait son engin. Les hommes, parfois, aiment plus leur voiture que leur copine. Elle acquiesce d'un signe de tête. Pas question de retourner à la cafétéria, il faut monter la garde à côté du véhicule malade, surveiller l'arrivée de la dépanneuse. Ils s'assoient dans l'herbe sous un arbre rachitique qui, malgré tout, dispense un peu d'ombre. De loin, à les voir ainsi, on dirait un couple.

— Tout à l'heure, je vous ai dit que je voulais faire une surprise à ma copine. J'ai menti. La vérité est que je la soupçonne de ne pas être partie seule.

— Je comprends. Voilà trois mois, j'ai subi la même mésaventure.

— Ah, dit-il, heureux de pouvoir partager ses doutes. Et qu'avez-vous fait ?

— La chose la plus simple au monde. J'ai rompu, j'ai entassé ses affaires dans des sacs poubelle et je les ai mises sur le palier.

— Vous n'avez pas eu mal ?

Un gros bobo. A ne partager avec personne, parce qu'il est toujours difficile d'être trompée, humiliée, parce que l'amour-propre s'ingénie à rabâcher qu'au fond ce monsieur n'était pas pour vous. Question d'orgueil mal placé. Mais soudain, sur cette aire de repos, à l'ombre de cet arbre malingre, on oublie l'orgueil et on avoue d'une voix humide :

— Très très mal. D'autant plus que mon ex a choisi une gamine de 20 ans, belle comme le jour.

— Mais vous êtes vous-même très jolie.

Pas assez pour la fierté masculine de son monsieur.

— Il y a trois semaines, je les ai croisés dans un restaurant.

— Et ? insiste Edouard.

— Mon ex avait cet air comblé du monsieur qui vient de décrocher la lune parce que tous les clients mâles de l'établissement regardaient sa copine.

— Je comprends, une sorte de beauté fatale.

Elle rit.

— Fatale pour moi ! Mais vous, pourquoi soupçonnez-vous votre amie de ne pas être partie seule ?

— Tout simplement parce que nous en étions arrivés au stade des reproches et des disputes à répétition. Bref, à force de me croire invincible, à l'abri des coups du sort, je n'ai pas su cultiver l'amour.

— Vous l'aimez encore ?

— Je tiens à elle.

Pour Sophie, ce n'est pas la même chose, on tient à sa voiture, à la vieille paire de baskets dans lesquelles on se sent si bien, mais on aime celui qui partage votre quotidien. Elle mordille l'ongle de son pouce.

— Vous redoutez la solitude.

Il avoue.

— Plus que tout, surtout quand le soleil brille et que vous rêvez de sieste crapuleuse.

Un coup de Klaxon les rappelle à la réalité. La dépanneuse est là. Le mécanicien fait la moue.

— Pas question de réparer ici. Avec les voitures étrangères, c'est toujours la même galère. Bref, je suis obligé de l'embarquer.

Il griffonne sa facture. La somme est astronomique. Normal.

— Et quand pourrai-je la récupérer ? s'inquiète Edouard.

— Disons une bonne semaine.

En somme, au retour. Il accepte, la mort dans l'âme, se tournant vers Sophie comme on regarde une oasis en plein cœur du désert.

— Votre proposition tient toujours ?

Plus que jamais. Ils repartent, elle au volant, lui passager. Avignon n'est plus très loin. Déjà quelques grandes affiches vantent les mérites de la Camargue. Elle prend la direction de Marseille. Edouard ne dit plus rien. L'heure du déjeuner est passée depuis longtemps, quand il suggère :

— Nous pourrions nous arrêter pour manger.

— Je croyais que vous étiez pressé.

Pressé d'apprendre qu'un autre vous remplace… Une heure de plus ou de moins ne changera rien au problème.

— Je ne le suis plus.

Ils quittent l'autoroute, se retrouvent dans un village bordé d'un canal. Des gamins jouent sous les platanes. L'unique restaurant affiche le menu du jour. La patronne les reçoit en souriant.

— A cette heure, normalement, je ne sers plus.

Mais, eux, ils semblent si fatigués qu'elle les guide vers une jolie table habillée de cretonne fleurie. Le civet est délicieux, le vin léger. L'après-midi s'étire mollement. Ils oublient l'autoroute. Ils se racontent des souvenirs d'autres vacances. Ils rient en trinquant et réalisent soudain que le soleil déjà est à l'orée des Alpilles, prêt à se coucher, à laisser la nuit couler doucement sur les collines pelées.

— Jamais nous n'arriverons à temps, soupire Sophie.

— A temps pour quoi ? rétorque Edouard.

— Pour vous. Enfin, pour votre amie.

Il hausse les épaules.

— Cela n'a plus d'importance.

Du côté de la petite église, il prend sa main. Un vieillard appuyé sur sa canne, par habitude, les salue.

— Dormons ici ce soir, suggère soudain Edouard.

Elle se tourne vers lui. Il n'a pas lâché sa main. Au contraire ses doigts se sont noués aux siens.

— Soyons francs l'un envers l'autre, dit-elle.

— Mais je suis franc, j'ai envie de rester ici ce soir avec vous.

Elle aussi. Et tant pis si ce besoin ressemble un peu à une pommade passée sur une blessure. Ils se rapprochent l'un de l'autre. Ils s'embrassent doucement. La patronne de l'auberge leur tend la clef de la chambre en murmurant :

— Je savais bien que vous ne repartiriez pas tout de suite. Quand on est amoureux, on n'est jamais pressé.

Amoureuse d'un ex, amoureux d'une fuyarde. Ils rient en grimpant les marches quatre à quatre. Ils s'étreignent, se bercent, anesthésient leur chagrin. Ils s'aiment simplement, sans arrière-pensées, sans regret. Ils s'aiment et s'endorment dans les bras l'un de l'autre.

Cassis et ses calanques, sa débauche de restaurants, d'hôtels. Edouard dépose un rapide baiser sur la joue de Sophie.

— Merci pour tout.

— Je suis certaine que tout ira bien.

Il a besoin de le croire. Déjà il regarde l'hôtel où sa belle est descendue. Sophie s'éloigne. Elle refuse d'imaginer la suite. Elle choisit à son tour un hôtel. Par chance, une chambre est libre. Elle s'installe, se promet de profiter au mieux de ses journées de liberté, de solitude. Cependant, le cœur n'y est pas. Une heure plus tard, au lieu de s'allonger sur la plage, elle repart, direction les Saintes-Maries et l'ingrat. Elle visite quatre hôtels avant qu'un concierge affable confirme :

— En effet, ce monsieur est un de nos clients.

Comme dans les mauvais films, elle s'apprête à glisser un billet vers l'employé pour en apprendre davantage. Geste inutile, il ajoute :

— La jeune femme qui l'accompagnait est repartie en début de semaine.

Le cœur de Sophie bondit dans sa poitrine. Si Dieu existe, il a dû avoir pitié d'elle.

— Est-il dans sa chambre ? demande-t-elle d'une voix tremblante.

— Non, il doit se trouver au restaurant.

Allons-y, tête droite, regard fier. Et lui, seul devant un gaspacho. Elle s'approche.

— Roland ! Le monde est vraiment petit.

Il lève les yeux.

— Toi ? Mais que fais-tu ici ?

— Vacances, comme toi.

Non, traque au bout de la France, rage au cœur et espoir malmené. Peu importe, il est là. Elle le dévore des yeux et finit par avouer :

— J'avais besoin de te revoir.

— J'ai voulu te téléphoner, je n'ai pas osé, alors je t'ai écrit.

Elle n'a rien reçu. Il tend la main vers elle.

— Pardonne-moi, Sophie. Je me suis trompé.

— Elle t'a plaqué ?

Il sourit :

— Pas du tout, je l'ai renvoyée à Paris.

Il l'attire vers lui, sur la banquette. Elle se laisse faire. L'étreinte de ses bras lui a cruellement manqué. Elle appuie sa joue contre la sienne et murmure :

— N'en parlons plus.

Il l'embrasse. Elle songe à Edouard et croise les doigts, superstitieuse. Elle espère pour lui aussi un *happy end* au bout de la route des vacances.

FIN

Nous Deux
LA COURSE AU BONHEUR...

Nos premières vacances ensemble

Un texte de Chloé Morane
publié dans
Nous Deux *n° 3082, 25 juillet 2006*

L'histoire

Un nouveau compagnon, un nouvel amour.
Comment profiter des vacances
pour le présenter aux enfants ?

La chambre de Teddy a été mise à sac, à croire qu'un ouragan est passé par là. Mais ce n'est que lui, mon adorable gamin, qui a vidé armoire et commode pour dénicher le masque et le tuba qui viendront gonfler son sac de voyage, étant donné que, comme chaque été, nous partons dès le 10 juillet direction l'Océan. Un rituel immuable depuis des années, depuis que je suis haute comme trois pommes. A la barre de sa barque repeinte dès le printemps, mon père m'entraînait pour des expéditions entre les rochers recouverts d'algues bleues.

— Renifle, ma doucette, c'est la mer qui te souffle son haleine à la figure. Je respirais, plissant les yeux en me tenant ferme au petit banc de bois, redoutant de chavirer à chaque manœuvre de mon père apprenti pirate. J'ai tellement respiré ce vent chargé de sel, me racontant des histoires de naufrage et de tempête, que dès que juillet pointe son nez colorié d'un coup de soleil, je sonne le rassemblement des miens pour le départ imminent vers le village de pêcheurs perché sur la falaise. Teddy approuve, il a tout juste 11 ans, et des besoins d'aventures non rassasiés. Pour Sonia, mon aînée en pleine crise d'adolescence, qui en l'occurrence a débuté dès les 12 ans de ma princesse, c'est l'avalanche de reproches m'assaillant entre la tranche de jambon et la purée du soir.

— Nous ne pourrions pas changer de destination ? On s'ennuie à mourir dans ton patelin du bout du monde.

— Pas du bout du monde, chérie, de la pointe du Raz. Les rochers téméraires s'avancent dans l'Océan, là où autrefois les grands bateaux venus du bout de l'horizon redoutaient un naufrage et surveillaient la côte où de grands feux s'allumaient pour les diriger.

Sonia se moque de mes récits épiques. Elle rêve de plage de sable, de maître-nageur au torse couleur de pain brûlé, d'amourettes d'été parfumées à l'huile solaire. Elle a 16 ans. Elle boude, les deux coudes plantés sur la table. Teddy rayonne :

— Promets que nous louerons un bateau.

Evidemment... Une embarcation bien stable entraînée par un moteur qui nous conduira du côté des petites îles blanches de mouettes. Il sourit. Pas sa sœur. Je plante la cuillère dans la purée, marque une hésitation, histoire de reprendre mon souffle, d'accorder mes idées, et j'ose d'une voix qui s'efforce de ne pas trembler :

— Cette année, Jérôme nous accompagnera.

Les coudes de ma princesse dérapent sur la table. Elle relève son menton, cherche mon regard. Si elle ose critiquer, j'explose ! Après tout, Jérôme a le droit de venir avec nous. Jérôme est mon histoire de tendresse, de réconfort après un divorce houleux qui m'a laissée sur le bord de la vie comme le boxeur perdant au dixième round s'accroche dans les cordes, cherchant vainement un regard compatissant dans la foule en délire. Il a été ce regard, cette main qui s'est tendue et a cramponné la mienne pour me ramener vers le bonheur.

— D'accord, concède ma grande, mais sans son idiote de fille.

Je panique. Pas question de jeter l'éponge, d'admettre que Sonia a raison, que la fille de Jérôme est impossible à vivre.

— Elle viendra, dis-je simplement, me dérobant à la fureur bleu marine des yeux de mon aînée. Et tout se passera bien.

— Ah non ! aboie Teddy.

— J'en doute, ronchonne Sonia, décortiquant sa tranche de jambon avec des airs dégoûtés. Le pire reste à venir et je ne me sens pas le courage de leur asséner le coup mortel. Je tourne autour d'eux comme la poule autour de sa couvée et, abandonnant ma main sur l'épaule de mon fils, je murmure :

— Si vous êtes d'accord, quand nous rentrerons de vacances, Jérôme viendra vivre avec nous.

— Lui encore, ça va, rétorque Sonia, renonçant définitivement à avaler son jambon.

Lui, elle le supporte, parce que, dit-elle avec l'assurance des gamins qui ont décidé d'abandonner le monde de l'enfance : « *Une femme ne peut pas éternellement vivre seule.* » Merci, chérie, et la femme que je suis en plus de la mère a besoin de Jérôme. Réaliste, ma princesse n'oublie jamais d'ajouter : « *De toute façon, bientôt je partirai pour vivre ma vie.* » Tout doux, ma pouliche. Ne sois pas aussi pressée que je l'ai été. A 18 ans, je prononçai le oui fatidique, sentant déjà bouger dans mon ventre celle qui, aujourd'hui, méfiante, m'observe du coin de l'œil. Sur ce, Teddy s'en mêle, moins tolérant parce que plus jeune et réalisant sans doute qu'il n'est pas près de quitter le cocon familial.

— Je veux bien, mais à condition qu'il ne joue pas au papa avec moi. J'acquiesce d'un signe de tête. Là-dessus, Sonia repasse à l'attaque :

— Ce qui signifie qu'une fois tous les quinze jours nous serons obligés de supporter sa fille. Cette fois, pas de doute, je suis au pied du mur.

— Oui, et peut-être plus.

Elle hurle. Teddy se lève d'un bond. Planté devant moi, il attend la réponse, celle dont semble dépendre sa vie.

— La maman de Vanessa...

— Oui, on sait, l'ex de Jérôme travaille dans le cinéma.

— Elle est réalisatrice, et, pour les besoins de son nouveau film, elle doit partir pour quelques mois aux Etats-Unis. Vanessa restera avec son père.

Un silence glacé emplit la cuisine. Ils me regardent, me jugent, me détestent. Je tends les mains vers eux.

— Vous pouvez comprendre.

— Non, répondent-ils d'une même voix.

— Mais Jérôme...

Là, j'aurais dû m'abstenir. Mon histoire avec lui ne les concerne pas, enfin pas totalement. D'ailleurs, jusqu'à présent, nous nous sommes contentés de la vivre en marge de nos rejetons, une manière comme une autre de les protéger. Dès notre première rencontre, nous sommes tombés d'accord sur un point crucial : eux.

— Mon divorce les a cruellement marqués, je ne veux pas leur imposer une nouvelle déception si nous deux ça ne tournait pas rond.

— Vanessa est fille unique, lui imposer tes enfants serait terrible pour elle.

Mais, après deux ans de relation sans orage, d'amour raisonnable, nous avons décidé qu'il était temps d'officialiser.

— Ils comprendront, s'est rassuré Jérôme.

— Ils nous aiment, ai-je répondu, pas du tout sûre de moi.

Nous avons commencé par quelques week-ends partagés où nous entraînions nos enfants respectifs à la piscine, à la patinoire, enfin bref tous ces endroits conçus pour ravir les gamins. Les nôtres nous accusèrent très vite de les prendre pour des bébés qui ont besoin d'être chaperonnés. Nous avons lâché du lest, acceptant que Sonia disparaisse du samedi au dimanche soir.

— Je dors chez une copine.

Il nous restait alors Teddy et Vanessa. L'un me suivait comme un petit chien, l'autre me surveillait d'un œil mauvais, me comparant certainement à cette mère parfaite dont la réussite professionnelle faisait la une des journaux, dont même le divorce avait été un succès.

— Ce n'est pas parce que maman n'aime plus mon père qu'elle doit l'effacer totalement de sa vie, dit-elle tout le temps.

Je n'aimais plus mon ex parce qu'il avait tout mis en œuvre pour abîmer mes rêves et ma confiance. Je le haïssais sans remords pour cela, et pour d'autres choses encore plus personnelles. Vanessa aimait me mettre à l'épreuve lors de ces fins de semaine où nous jouions à la famille recomposée.

— Et vous, Geneviève, quels sont vos rapports avec votre ex-mari ?

La demoiselle de 15 ans parlait comme un livre, et ses grands airs m'irritaient. Mes rapports avec le père de mes enfants se résumaient à sa venue une fois par mois pour récupérer sa progéniture et, le 10, la consultation de mes comptes pour vérifier le virement de la pension alimentaire que trop souvent il oubliait. Vanessa ne pouvait pas comprendre et, pour elle, j'étais une sorte de martienne arriérée.Jérôme me consolait : « Elle t'adore ! »

Faux... Elle s'amusait à me rabaisser, pour tout et pour rien. Murée dans mon orgueil, je cachais mes blessures, continuant à sourire face à la petite effrontée qui souhaitait certainement que son cher papa se débarrasse au plus vite de cette petite bonne femme même pas capable d'avoir son nom dans les journaux.

— Vous faites quoi dans la vie, Geneviève ? me demanda-t- elle à notre troisième rencontre.

Sans me laisser le temps de répondre, Jérôme intervint :

— Geneviève est professeur d'histoire-géo.

— Si la géographie sert à quelque chose, je doute que l'histoire puisse nous aider dans la vie. Maman...

Là, j'ai bouché mes oreilles pour ne pas écouter la suite, pour ne pas exploser et, d'un commun accord, nous avons décidé de réduire nos conversations au strict minimum. Alors, aujourd'hui, mes enfants sont en droit de se demander, étant donné notre peu d'intimité, pourquoi j'accepte l'intrusion de mademoiselle-je-sais-tout dans notre vie. La table débarrassée, mes rejetons réfugiés au salon devant la télé, je tente une explication malhabile :

— Jérôme serait malheureux s'il sentait que vous n'aimez pas sa fille.

— Et toi, tu l'aimes ? riposte Sonia sans daigner me regarder.

Instinctivement, j'ai envie de crier : non. Non, je ne l'aime pas, parce qu'elle ressemble à sa mère, parce que certaines fois quand les bras de Jérôme se referment sur moi, je me demande s'il ne pense pas encore à son ex, si belle, si parfaite, parce que la jalousie est un sentiment humain, et je suis jalouse, même rétrospectivement.

— Avant de juger, on doit d'abord apprendre à connaître.

— Elle, elle juge, lance Teddy, et pourtant elle ne nous connaît pas. Un point pour eux, zéro pour moi. Je patauge. Je m'enlise.

— Nous pourrions faire un effort.

D'un geste plein de rage, Sonia monte le son du poste de télévision, m'expliquant ainsi clairement que je l'ennuie. Je renonce et m'éloigne, tête basse. La première manche est perdue. Courageuse, je me dis que la guerre peut encore être gagnée. Calés à l'arrière de la voiture pleine à craquer, nos trois enfants se taisent, taciturnes. Histoire de rompre ce silence pesant, Jérôme branche la radio. Une chanson stupide emplit le véhicule. Si nous nous attendions à ce qu'ils reprennent le refrain en chœur, nous avions tout faux. Le silence persiste durant des kilomètres. Nos regards affolés jetés dans le rétroviseur ne changent rien. Appuyée contre la portière, Vanessa observe la route. Près d'elle, Teddy met tout en œuvre pour que son bras ne la frôle pas. Sonia, écouteurs sur les oreilles, nous ignore, histoire de nous punir de lui imposer non seulement l'Océan qu'elle déteste, mais une rivale de taille en la personne de Vanessa aussi blonde qu'elle est brune. Après quatre heures de route sous un soleil brûlant, nous arrivons enfin. La maison est celle de mon enfance, minuscule et recouverte de vigne vierge, les fenêtres tournées vers la mer.

— Magnifique ! s'écrie Jérôme.

— Perdue au milieu de nulle part, marmonne Vanessa. Les miens se taisent, gagnent leur chambre et là, je m'affole. Les filles devront partager la leur.

— L'armoire est assez grande pour toutes vos affaires. Mais les lits certainement pas assez éloignés pour calmer les rancœurs des demoiselles contrariées de cohabiter.

— Où est la télé ? demande soudain Vanessa.

— Pas de télé, chérie, répond son père. Elle arrondit ses grands yeux violets.

— Tu plaisantes ?

— Mais non ! Pour te distraire, tu as l'océan, le vent et la lande.

— Tu veux dire pour mourir d'ennui.

— Je connais, soupire Sonia.

Miracle, elles semblent être d'accord et échangent un regard entendu. Jérôme et moi, nous battons en retraite, les abandonnant à leur mécontentement. Teddy, de son côté, a déjà extirpé le masque et le tuba de son sac et, se désintéressant de l'installation, descend vers la plage.

— Fais attention !

Un haussement d'épaules me répond. La main de Jérôme cherche la mienne. Je souris à ses yeux couleur de menthe fraîche, à sa bouche douce. Je souris aux nuits câlines que nous passerons, enfermés à double tour dans notre chambre. Enfin, je le croyais. Dès le premier soir, des cris nous obligent à nous précipiter dans le couloir.

— Une araignée! hurle Vanessa livide.

— Immense ! ajoute Sonia.

Debout sur leur lit, elles sautillent en gémissant, le bras tendu vers la coupable sagement installée sur une rose fanée de la tapisserie. D'un coup de pantoufle, Jérôme sauve nos deux filles.

— Je hais la campagne, tempête Vanessa.

Et si la mienne se tait, je la soupçonne de penser la même chose. Nous retournons vers nos chambres, priant Dieu de surveiller un peu mieux ses araignées. Si le lendemain nous partons tous pour un pique-nique dans les rochers, deux jours plus tard, la pluie nous retient prisonniers de la maison, et là, le manque de télé repasse à l'attaque chez nos demoiselles qui ont épuisé leur stock de CD et magazines.

— On fait quoi ?

— A vous de décider, soupire Jérôme.

— Je sais! s'exclame Vanessa en bondissant du fauteuil où depuis plus d'une heure elle se tenait avachie. Nous allons en ville, restaurant et cinéma. Teddy lui jette un regard noir.

— Pas question, je veux voir la tempête!

— Il n'y aura pas de tempête, réplique sa sœur, juste une sale pluie qui nous agace.

Jérôme se tourne vers moi. Je refuse de décider à sa place. Il tranche:

— Geneviève, prends la voiture, et moi je reste avec Teddy.

S'il vous plaît, non, pas ça... Mais si, nos demoiselles courent vers leur chambre pour troquer leur short contre une tenue plus adaptée à une vraie sortie, et me voilà au volant, me demandant, angoissée, laquelle des deux s'installera à mes côtés.

— Toi, décide Vanessa en regardant Sonia. Normal, c'est ta mère.

Un merci contrarié glisse des lèvres de ma princesse. Evidemment, le restaurant choisi ne plaît pas à l'une mais enchante l'autre. Par chance, un jeune serveur semble faire l'unanimité de mes deux presque femmes qui pouffent de rire derrière leur serviette dès que le jeune homme intimidé approche. L'unique cinéma proposant un film que Vanessa a déjà vu, nous optons pour un après-midi de shopping, la pluie ayant enfin cessé, et un timide soleil nous rappelant que nous sommes en vacances. Atterrée, je découvre que la fille de Jérôme possède sa propre carte de crédit qu'elle utilise sans aucun remords, achetant tout et n'importe quoi sous le regard plein d'envie de Sonia dont je suis obligée de contrôler le budget. Après deux heures à arpenter les boutiques dans tous les sens, je suggère un retour à la maison.

— Pas question ! s'indigne Vanessa. Nous retournons à la crêperie, j'ai très envie d'une glace.

Ou plus exactement de revoir le serveur blondinet. J'interroge ma fille du regard. Elle se détourne, blessée de ne pas avoir pu acheter autant de choses que la fille de Jérôme. Manque de chance, le serveur n'est plus là, et nous avalons rapidement une pêche Melba. Le calvaire s'achève. Erreur, voilà justement que là où j'ai garé la voiture, un blond en bermuda et débardeur traverse devant nous.

— C'est lui ! crie Sonia.

— Mais oui, approuve Vanessa. Je suis sûre qu'il va à la plage.

— Allons-y ! ordonne ma fille.

Abandonnant nos paquets, nous voilà parties derrière le gamin, les filles marchant loin devant moi pour ne pas le perdre de vue, se parlant enfin, histoire de mettre au point un plan pour aborder l'élu de leur cœur. Et après, me dis-je irritée, vont-elles s'étriper pour qu'il n'en reste qu'une ? Par bonheur, le serveur est attendu par une jolie rousse, et mes demoiselles, déprimées, renoncent à leur dessein, et nous rentrons. La maison est vide. J'appelle : « Jérôme ! Teddy ! » Des voix lointaines me répondent. Mes deux hommes sont du côté des rochers, armés de petits seaux.

— Des crabes, maman, des verts, des gris !

— Nous les mangerons ce soir, ajoute Jérôme.

— Jamais, rétorquent les filles avec des mines dégoûtées.

Finalement, nous les relâchons parce qu'un vieux pêcheur passant par là nous conseille d'éviter de les consommer au risque de souffrir de méchantes coliques. Peu importe, Teddy nous raconte en long et en large sa journée entre hommes. Jérôme sourit, histoire de dire : mission accomplie. Au tour des filles. Moins volubiles, elles passent sous silence l'incident du serveur pas libre et, tournant vers moi leurs jolies frimousses, demandent : « On recommencera entre filles ? » Aurais-je marqué un point sans le savoir ? Avec soulagement, je rejoins la chambre où Jérôme m'attend.

— Tout s'arrange, dit-il en m'attirant vers lui.

— Oui, tu as raison.

Il me déshabille lentement, j'aime ses mains sur moi. J'aime me sentir femme dans ses yeux et, m'abandonnant à ses caresses, je murmure :

— Nous y arriverons. Toutes les familles ont des hauts et des bas.

Plaquant un baiser sur ma bouche, Jérôme répond :

— Et la nôtre est formidable.

Cette nuit-là, aucune araignée n'est venue perturber nos filles, mais longtemps nous les avons entendues discuter. Teddy, dès le lendemain, décide de s'initier à la pêche, mais pas avec Jérôme :

— Tu es comme moi, tu n'y connais rien, je vais demander à ce vieux pêcheur.

Une trêve semble avoir été signée entre Sonia et Vanessa. En réalité, l'accalmie se prénomme Boris, un jeune Parisien en vacances chez sa tante, sur lequel elles ont jeté leur dévolu, rivalisant d'ingéniosité pour le charmer. Finalement, après quinze jours de vent, de soleil et de pluie, nous rentrons, reprenant en chœur le tube de l'été diffusé par la radio. Je sacrifie mon bureau pour installer une chambre à Vanessa, et nous commençons le marathon des courses de rentrée dès la semaine suivante. La fille de Jérôme s'abstient alors de sortir sa carte de crédit, me laissant le soin de payer, de gérer leurs achats. Surprise, profitant de l'escapade de ma fille dans une cabine d'essayage, je lui demande :

— Aurais-tu épuisé tout ton crédit ?

— Pas du tout ! Simplement, comme durant quelques mois je dois vivre avec vous, autant que je m'habitue à certaines restrictions.

Evidemment, la réponse est pleine de sous-entendus, mais Vanessa s'est obligée à des efforts et, pour cela, je lui en suis reconnaissante. Elle me dédie un mince sourire que je lui rends bien volontiers.

La veille de la rentrée, profitant du dîner, Jérôme suggère :

— Pour faciliter notre cohabitation, j'ai construit ceci.

Il pose sur la table une sorte de boîte aux lettres de couleur jaune et précise :

— Chacun pourra y glisser suggestions et critiques, sans être obligé de signer. D'accord ?

Personne ne répond, mais une semaine plus tard, vérifiant le contenu de la boîte, nous tombons sur une dizaine de papiers soigneusement pliés. La plupart proviennent de Teddy et mettent en cause notre veto sur les programmes télé. Mais les plus importants sont ceux de nos filles, même s'ils ne sont pas signés. L'un dit : *« J'aime bien quand nous nous retrouvons à table tous les cinq. »* Jérôme me regarde, les yeux humides.

— C'est Vanessa. Sa mère détestait les repas pris en commun, elle disait : c'est du temps perdu.

L'autre affirme : *« Au lycée, on nous appelle les fausses sœurs. Au début, cela me dérangeait, plus maintenant, à part l'adjectif fausses parce qu'ils ne comprennent rien. »* Il caresse ma joue et murmure :

— Nos enfants sont extraordinaires.

Je le pense aussi, très fort, confiante dans notre avenir à tous les cinq.

FIN

L'Hebdomadaire
qui porte Bonheur
Nous Deux
SUR LA GRÈVE...

Mes plus belles histoires

Nous Deux
L'Hebdomadaire qui porte Bonheur
MIDE AVEU...

Création juillet 2011
Mondadori Magazines France SAS
RCS Nanterre 452791262
8, rue François Ory
92543 Montrouge Cedex

Conception éditoriale : Marion Minuit
Conception graphique : Eliane Jéhanno
Relecture et corrections : Anne Hazard

Dépôt légal : Août 2011

Achevé d'imprimer en France
par CPI Aubin Imprimeur

n°ISBN : 978-2-35590-324-3

AUTEURS : *Nos premières vacances ensemble,* un texte de Chloé Morane, publié dans Nous Deux n°3082, juillet 2006
Sur la route des vacances, un texte de Chloé Morane, publié dans Nous Deux n°2736, décembre 1999